언제까지
이따위로
살 텐가?

언제까지

백수가 된
모범생의
각성기

이따위로
살 텐가?

들어가기
나도 충분히 열심히 살았는데, 우린 뭐가 달라?

　잔뜩 찌푸린 어느 날 아침, 느지막이 눈을 뜬 백수는 은은한 샌들우드 향을 피우고, 스포티파이에서 'Indian Chill' 플레이리스트를 재생하는 것으로 하루를 연다. 코끼리 금장이 박힌 인센스 홀더에서 연기가 춤추듯 퍼지는 것을 가만히 바라보다가 이국적인 분위기가 한껏 고취되면 불편한 몸뚱이를 이끌고 무엇엔가 홀린 듯 요가의 기본 동작을 시작한다.

　이것이 나, 3개월 차 백수의 아침이다. 팔자 좋은 소리처럼 들릴지 모르지만, 이것은 시시때때로 엄습하는 불안을 다스리기 위한 백수의 의식화된 습관이자 과장된 몸짓

일 뿐이다. 백수 초기에는 낮과 밤이 바뀌는 등 불규칙한 생활을 했지만, 3개월쯤 되면 불규칙한 생활 속에서도 루틴이 생기는 신기한 일을 경험하게 된다.

　"웃차! 끙차!" 옆에서는 건넌방의 예술가가 스트레칭을 한다. 지난밤 전시 준비를 막 끝낸 예술가는 한껏 쪼그라든 모습이다. 사람이 어떤 일에 영혼을 쏟아부으면 실제로 작아질 수 있다는 것을 나는 이 예술가를 통해 알게 됐다. 이제 막 방에서 나온 우리는 서로의 몰골이 낯설어 우리가 자매라는 사실을 깨닫는 데 3초 정도 버퍼가 걸린다.

나도 충분히 열심히 살았는데, 우린 뭐가 달라?

똑똑! 거기 누군가 계신다면 내 이야기를 좀 들어봐 주시라. 사실 나는 매우 억울한 입장이다. 나는 인생 탄탄대로 굴곡 없이 살아온 평범한 '모범생'이었다. 항상 어른들의 기대와 관심을 받으며 자랐고, 대학부터 직장까지 쉼 없이 착실하게 단계를 밟아왔다. 하지만 입사 후 늘 '이게 맞나?' 하는 끈질긴 자기 의심에 시달렸고, 결국 끔찍한 번아웃과 우울감이 찾아왔다. 그렇게 얼마 전까지만 해도 젊은 이들이 선망하는 회사에 다녔던 나는, 현재 퇴사를 꿈꾸는 휴직자가 되었을 뿐이다.

반면 동생은 인생의 주요 순간마다 삐걱대며 방황한 '문제아'였다. 늘 어른들 눈 밖에 나고, 학교생활에 충실하지 않았다. 불과 3년 전까지만 해도 온 집안의 멸시와 구박을 받는 백수였고, 자기 돈으로 아메리카노 한 잔도 사 마시지 못했다. 그랬던 문제아가 지금 내로라하는 곳에서 작업 제안이 들어오는 아티스트가 된 것이다. 어려운 코로나 시국에도 타격이 없는 것을 보면, 감히 성공했다고 이야기해도 될 것 같다.

"나도 충분히 열심히 살았는데 우린 대체 뭐가 달라?"

그때부터 이 물음을 끌어안고 끙끙 앓으며 고민했다. 어떤 차이가 이런 결과를 낳았을까? 다행히 우리는 3년 동안 함께 살며 서로의 일상을 세밀하게 관찰할 수 있었고, 서로의 차이에 대해 많은 대화를 나눌 수 있었다. 덕분에 평생 모범생이었던 내가 그동안 당연하다고 여겼던 것들이 꼭 그렇지 않을 수도 있음을 알게 되었다.

이 책은 백수가 된 모범생이 성공한 문제아를 보고 느낀 작은 '생각의 전환'에 대한 기록이자, 서른이 넘어 '나'를 찾아가는 내밀한 고백이다. 어른이 되어서도 여전히 자기만의 길을 찾고 있는 많은 어른들이 함께해준다면 더 바랄 것이 없겠다.

들어가기

|

첫 번째

모범생의 뒤늦은 사춘기

▽
▽
▽
▽
▽

모범생의
뒤늦은 사춘기

대한민국
모범생의 비애

혈기 좋은 열일곱 살의 어느 저녁, 그날은 유난히 배가 고팠다. 석식을 빨리 먹고 싶었는데, 학교 식당에는 엄연히 규칙이라는 것이 존재했고, 하필이면 그날은 우리 반이 거의 꼴찌로 줄을 서는 날이었다. 나는 더 이상 배고픔을 못 참고 몇몇 친구들을 꼬드겨 새치기를 하자고 제안했고, 친구들은 흔쾌히 내 제안을 수락했다.

우리는 식당으로 달려가 먼저 줄을 서 있던 많은 학생들이 눈치채지 못하도록 식당 입구 쪽에서 아주 자연스럽게 새치기를 했다. 이 정도면 누구도 못 봤을 거라고 흡족해하면서 말이다. 하지만 세상은 우리 생각만큼 그리 호락호락하지 않았다. 우리는 새치기 현장에서 학생주임 선생님께 현행범으로 연행되었고, 교무실 앞 복도에 쭈르르 엎드려뻗쳐를 하게 되었다.

학생주임 선생님은 엎드려 있던 친구들의 엉덩이를 몽둥이로 한 대씩 때리기 시작했다. 그때만 해도 체벌이 가능하던 시절이었다. 듣기만 해도 매운 소리가 복도 전체를 가득 채웠다. 한 대씩 매를 맞은 친구들은 엉덩이를 문지르며 교실로 돌아갔다. 내 차례는 맨 마지막이었는데, 선생님은 내 차례에서 때리는 둥 마는 둥 하시더니 말씀하셨다.

"아무리 친구들이 새치기하자고 해도 너까지 이러면 돼?"

순간 당황했지만, 나는 내가 주동자라고 솔직하게 고백할 자신이 없었다. 어쩌면 그때 내가 새치기 주동자임을 솔직히 고백했어도 더 혼나는 일은 없었을 것

이다. 그도 그럴 것이 나는 학교에서 흔히 모범생으로 불리는 학생이었기 때문이다. 전교 1, 2등까지는 아니더라도 인서울 4년제 대학교에 무난히 진학할 만한 학생, 특별히 큰 사고도 안 치고 교우관계 원만하며 선생님 말씀도 잘 듣는 그런 학생 말이다.

　고작 열일곱 살, 그때 나는 처음으로 이 사회에서 순탄하게 살아가는 방법을 깨달았다. 어딜 가든 숫자로 줄 세우길 좋아하는 세상에서 앞줄에 서 있으면, 그리고 세상이 정해놓은 보이지 않는 규율과 규칙만 얌전히 잘 따르면 어려움 없이 순탄한 인생이 펼쳐질 거라고 믿었다. 그리고 나는 그 궤도를 이탈하지 않기 위해 열심히 노력했다.

하지만 모범생의 기쁨은 시스템 속에서 안전한 위치를 차지하는 것, 딱 거기까지다. 물론 그것도 보통 노력으로 되는 일은 아니며 좋은 환경과 어느 정도의 운도 따라주어야 하므로 폄하할 의도는 없다. 하지만 모범생들은 이 기쁨을 누리는 대신, 자신의 생각이나 취향을 곧잘 거세당하곤 한다. 마치 나처럼 말이다.

고등학교 2학년 중간고사가 끝난 어느 야간 자율 학습(이라고 부르지만 실은 '강제 학습') 시간이었다. 시험이 끝난 해방감에 평소 좋아하던 소설책을 한창 신나게 읽고 있는데, 어두운 그림자가 머리 위에 드리우는 게 느껴졌다. 아차! 인지한 순간, 읽고 있던 소설책은 순식간에 자율 학습을 감독하던 선생님의 손에 넘어갔고, 선생님은 내가 보고 있던 책을 반 친구들이 모두 볼 수 있도록 머리 위로 올려 펄럭펄럭 흔들며 말씀하셨다.

"이딴 소설책 볼 시간에 수학 문제 하나라도 더 풀어! 너희가 지금 이딴 소설이나 읽을 때야? 너희 이제 곧 고3이야, 고3!"

선생님은 내 책상에 소설책을 큰 소리 나게 집어 던지고 한심하다는 듯한 눈빛으로 나를 쏘아보시며 교실을 나가셨다. 나는 마지못해 읽고 있던 소설책을 집어넣고, 《수학의 정석》을 꺼내 펼쳤다. 그때 내가 서랍에 집어넣었던 책은 공지영의 《무소의 뿔처럼 혼자서 가라》였다.

10년도 훨씬 더 지난 일이지만 내겐 이 순간이 마치 어제의 일처럼 생생하다. 고압적으로 나를 내려다보던 선생님의 표정, 단호한 목소리, 모두가 나를 주목하던 순간의 정적과 무안함 때문일까. 하지만 내가 이 사건에서 더 크게 느끼는 감정은 일종의 안타까움 같은 것이다. 인생에서 정말 중요한 것은 《수학의 정석》이 아니라 《무소의 뿔처럼 혼자서 가라》에 있다고 믿으니까.

만약 내가 그때 소설책을 책상 밑에 집어넣지 않고 꿋꿋이 계속 읽는 학생이었다면? 선생님이 문학을 '이딴 소설책'이라고 칭하지 않고, 이 책을 읽고 무엇을 느꼈냐고 물어보셨다면? 아니, 그 전에 모두가 수학 문제를 풀 때, 나는 왜 소설책을 읽고 싶었던 건지 진지하게 고민해보았다면? 이렇게 끝도 없는 가정법을 되풀이하며, 만약 그랬다면 내 인생이 조금 다른 방향으로 흐르지 않았을까 하는 부질없는 상상을 해본다.

모범생의 비애는 '사춘기'라는 개념을 교과서에 나온 대로 '이차성징이 나타나는 시기', '질풍노도의 시기', '자아 정체감이 형성되는 시기'라고 텍스트로만 달달 외웠을 뿐 실제로 감각하지 못하고, 시간이 흐른 뒤에야 '나는 누구이며 무엇을 좋아하는가', '어떤 모습으로 살아야 하는가'를 고민하는 데 있다고 생각한다. 비록 먹고사는 문제는 없을지 몰라도, 가슴 한구석이 뻥 뚫린 것 같은 공허함에 시달리면서 말이다.

한 방송사의 경연 프로그램인 〈고등 래퍼〉를 보면 나는 종종 입을 다물지 못한다. 내가 대학 입시만을 위해 열을 올리던 시기에, 나와 또래이거나 더 어린 출연자들이 자신의 꿈을 정확히 알고 인생에 대해 고민하며 자신만의 가사를 써내기 때문이다.

표준국어대사전에 따르면, '모범생'의 사전적 정의는 '학업이나 품행이 본받을 만한 학생'이다. 그런데 학업 성적이 좋고 모난 행동만 하지 않으면 과연 사람들에게 모범이 될 수 있을까? 모범생의 기준은 어디에 있는 걸까? 학교 입장에서 너무 편의적으로 모범생을 정의 내린 건 아닐까?

모범생의 새로운 정의가 필요한 시대인 것 같다. 사춘기를 제때 몸소 겪은 사람들, 어쩌면 그들이야말로 진정한 삶의 모범생이라고 생각한다. 수학 문제를 풀고 영어 단어를 외우는 것보다 나 자신을 알아가는 일이 더 시급하다.

서른 살이 넘은 지금, 나는 여전히 사전적 정의의 모범생 언저리에 머물러 있지만, 지금부터라도 나만의 가사를 써보기로 했다. 이 시대의 모든 모범생들 또한 각자의 자리에서 나와 비슷하게 고군분투하고 있을 거라고 생각한다. 우리 모두 함께 잘해 나갔으면 좋겠다.

드라마 같은
삶을 살 거야

모범생답게 굴곡 없이 살아온 내 삶이 무언가 단단히 잘못되었다고 처음 느꼈던 시점은 입사 3년 차 때였다. 그날도 나는 어둑어둑하고 조용한 사무실 안에서 낮은 조도의 조명 하나만을 켜둔 채 업무에 열중하고 있었다. 입사한 지 만 2년이 지나고도 이곳이 내 자리가 맞는지 여전히 확신이 없었지만, 당장 눈앞에 닥친 일들을 해치우느라 깊은 고민 따위는 못 하던 시절이었다.

그날 업무용 노트에 스케줄을 정리하다가 문득 사무실 책상 서랍 안쪽 깊숙한 곳에 학창시절부터 써

온 다이어리들을 넣어둔 사실이 떠올랐다. 당시 집 이사를 하면서 작은 짐을 보관할 곳이 마땅찮아 잠시 회사에 갖다둔 것이었다.

기름진 앞머리가 내려와 뿌연 시야 사이로 서랍 맨 아래쪽 칸에 깊숙이 묻어두었던 다이어리들을 꺼내 들었다. 일기를 꾸준히 쓰는 삶과는 이미 많이 멀어졌는데, 두 손에 두둑한 몇 권의 다이어리를 쥐고 있자니 기분이 이상했다.

그중에서 가장 아끼는 고등학교 시절 일기장을 꺼내 펼쳤다. 촌스러운 디자인의 빛바랜 일기장 속에는 나의 지난 시간이 빼곡했다. 대학 진학을 목표로 공부에 허덕이면서도 작은 일에 기뻐하고 슬퍼하던 열아홉 살의 내가 있었다. 그때의 나와 현재의 내가 크게 다르지 않다고 생각했는데, 지금과는 사뭇 다른 내가 그 속에 있었다. 그런 내가 신기하기도 하고, 손발이 오그라드는 감성에 웃음이 새어 나오기도 하면서 잠시 업무에서 벗어나 과거 여행을 하던 찰나 나의 시선을 잡아끈 글이 있었다.

드라마 같은 삶을 살아야지.

일도 사랑도 드라마같이

멋지게 해내는 어른이 될 거야!

눈물을 예고할 만한 어떤 것도 없었는데 갑자기 눈물이 왈칵 쏟아졌다. 오랜 시간 모니터를 쳐다본 탓에 뻑뻑해진 두 눈에서 향후 몇 년간 안구 건조증 따위는 걱정하지 않아도 될 정도의 눈물이 흘러나왔다.

아직 무엇도 되지 않았던 열아홉 살의 내게 인생은 고무찰흙처럼 조물조물하면 내가 원하는 형태로 어떻게든 바꿀 수 있는 것이었다. 그런데 어른이 된 지금의 나는 이미 정해진 무엇인가가 되어버린 것 같았고, 그것은 드라마 같은 삶과는 거리가 멀었다. 회사에서는 뚝딱이처럼 허둥대며 겨우 일을 해내고 있었고, 드라마 같은 사랑 따위도 당연히 없었다. 분명 내가 선택해서 여기까지 온 건데, 나는 늘 조금은 억울하고 슬픈 기분이었다. 뭐가 어디서부터 어떻게 잘못된 걸까? 나는 그것조차도 알 수 없어서 막막했다.

도저히 일할 기분이 나지 않아 자리를 정리하고 일어섰다. 눈물범벅으로 엉망이 된 얼굴을 후드티 모자를 푹 눌러써서 가린 후 도망치듯 회사를 빠져나왔다. 회사에서 옛날 일기장을 들춰보다 눈물을 쏟는 일은 꿈에서조차 상상해본 적이 없었다. 이 모든 게 드라마의 한 장면 같긴 했다. 그저 내가 꿈꾸던 드라마가 아니었을 뿐.

다음 날 나는 아무 일 없었던 듯 회사에 출근해서 전날 늦은 시간까지 작업하던 기획서를 늦지 않게 제출했다. 내용을 확인한 상사는 만족스러워했고, 나는 그의 칭찬 한마디에 기분이 금세 좋아졌다. 전날 눈물을 펑펑 쏟았던 책상에 앉아 무탈하게 하루를 마무리했고, 퇴근 후 동기들과 가볍게 술도 한잔 걸쳤다. 그렇게 열아홉 살의 내가 바랐던 '드라마 같은 삶' 따위는 외면한 채 시간은 계속 흘러만 갔다.

나를 찾는다고
떠나봤자
고막만 터지지

  어이가 없어서 웃음만 나왔다. 제주 종달리 어느 히말라야풍 식당 앞 나무 그네에 앉아 나는 미친 사람처럼 실실 쪼개고만 있었다. 제주도에 혼자 여행 온 사람이 서핑하다가 한쪽 고막이 터지고, 렌터카 배터리까지 방전될 확률은 얼마나 되는 걸까. "내가 그 두 가지를 모두 해낸 사람입니다!"라고 크게 외치고 싶었다.

  웬만한 식당은 모두 일찍 문을 닫는 종달리에서 겨우 식당 하나를 찾아 저녁을 먹고 나왔더니 자동차에 시동이 안 걸리는 황망함이란…. 어느 여름 고요한 종달리의 밤, 나는 자동차 긴급 출장 서비스를 기다리면서 웃는지 우는지 모를 표정을 하고 있었다.

삼재였다. 가끔 신점을 보러 가는 곳에서 그해에는 아무것도 하지 말고 납작 엎드려 있으라고 했는데, 그즈음 나는 인생의 길을 잃은 기분에 자주 어딘가로 훌쩍 떠났다. 떠나면 뭐라도 조금 달라질 줄 알았다. 하지만 내게 남은 건 약간의 기분 전환이 전부였고, 나머지는 삼재를 증명이라도 하듯 대부분 망했다. 어째 발악하면 할수록 더 꼬이기만 하는 기분이었다.

드라마 〈또! 오해영〉에 "서른이 넘으면 되게 멋지게 살 줄 알았다. 오피스텔에 살면서 자가용 끌고, 1년에 한두 번 해외여행도 가"라는 대사가 나온다. 이 대사처럼 '되게 멋진 서른'이 이런 거라면 난 제법 멋진 어른이긴 했다. 그런데 어쩐지 나는 맞지 않은 옷을 입은 것 같고, 스스로가 너무 후져서 견딜 수가 없었다. 불행한 건 결코 아니었지만, 나는 좀 더 나로서 살고 싶었다. 하지만 어디서부터 어떻게 해야 할지 모르는, 그런 마음들이 끊임없이 나를 괴롭혔다.

그래서 우선 내가 할 수 있는 걸 해보기로 했다.

운동과 취미에 빠져보고, 가끔은 나를 위한 플렉스로 스트레스도 풀고, 진탕 술도 마시고, 가끔 해외여행을 다니면서 '이 정도면 충분히 괜찮지. 인생이 다 이렇지. 뭐 별거 있어?'라며 애써 위로하고 살았다. 그런데 뭐랄까, 본질은 바뀌지 않은 기분이었다. 근본적인 현실은 바꾸지 않으면서 주어진 현실에 백 프로 순응하지도 않는 치기 어린 시기였다.

그런데 제주도에서 멀쩡하던 오른쪽 고막에 구멍이 뚫리고, 자동차 배터리가 방전된 채 홀로 길바닥에 앉아 있자니, 정말 이렇게 살아서는 안 되겠다는 생각이 번쩍 들었다. 망상일지 모르지만 이 정도면 저기 어딘가에 있는 신이 내게 정신 차리라고 경고를 하는 듯했다.

별이 총총 떠 있는 제주도의 밤하늘을 보며 혼란한 마음을 추스르고 있을 때, 긴급 출장 서비스가 도착했다. 출장 기사님은 능숙한 솜씨로 배터리 충전을 하시면서 경차는 여름철에도 배터리가 방전되는 일이 종종 있다고 했다. 종종 있는 일이라니 나만 이렇게 불운한 건 아닌 것 같아 그나마 위로가 되었다.

"시동을 바로 끄면 또 방전될지 모르니 한 시간 정도 시동 켜놓으시고요. 출장비는 7만 5,000원입니다."

썩을, 7만 5,000원. 역시 올해는 삼재가 맞네. 배터리는 소모품이라 보험이 안 된다고 했다. 이럴 거면 나는 왜 추가 비용까지 지불하며 완전자차 보험을 들었을까. 진짜 되는 일이 더럽게도 없었다.

도저히 웃어지지 않는 얼굴로 출장 기사님께 값을 지불하고는 터덜터덜 자동차에 올라탔다. 나는 완전히 지쳤고 우울했다. 앞이 안 보일 정도로 어두운 종달리에서는 드라이브도 할 수 없어서 시동을 켜놓고 운전석에 그저 앉아만 있었다.

한 시간은 생각보다 길었다. 제주도에 왔을 때 여행에 집중하기 위해 되도록이면 SNS를 하지 않겠다 다짐했는데, 그곳에서 내가 할 수 있는 거라곤 휴대폰을 보는 일밖에 없었다. 밀려오는 무료함에 결국 인스타그램을 열고 말았다.

인스타그램을 열자마자 제일 처음 본 건 동생의 피드였다. 서울숲 근처에서 열리고 있는 동생의 전시 작품 사진이었다. 동생은 연초에 유명 래퍼의 뮤직비디오 작업을 한 후, 더욱더 바쁜 나날을 보내고 있었다. 포스팅마다 달린 수백 개의 '좋아요'가 새삼스러웠다.

불과 2년 전만 해도 동생은 백수였다. 그래서 틈날 때마다 내가 몇만 원씩 용돈을 쥐여주곤 했다. 그랬던 동생이 2년 사이에 개인전도 열고 국제도서전과 국제음악영화제에 참여하는 등 꽤 많은 성취를 이뤘다. 부모님의 관심도 모범생이었던 나에게서 동생에게 옮겨간 지 꽤 되었다. 문득 동생에게 묻고 싶었다.

"행복하냐?"

전화하자마자 한다는 소리가 이런 질문이라니. 동생은 웬 미친 소리냐고 묻더니 행복하다고 했다. 행복하다는 말은 누구든 언제나 할 수 있다. 하지만 진심으로 하는 사람은 많지 않다. 동생이 행복하다고 말할 때 그 목소리에서부터 행복이 묻어났다. 그때 자동차 거울을 통해 본 내 몰골은 참 못났었다. 다친 오른쪽 귀로는 통화를 못 해서 어색하게 왼쪽 귀에 휴대폰을 갖다 대고 울기 직전의 표정을 하고 묻는 꼴이란.

나는 알아야만 했다. 무엇이 이런 차이를 만들었는지 말이다. 거기서부터 되짚어 나가다 보면 답답한 내 인생에도 한 줄기 빛이 보이지 않을까 생각했다. 이렇게 맥락 없이 아름다운 제주도에서 그 답이 찾아질 리 없었다. 나의 서사와 흔적이 가득한 곳, 나의 일상으로 돌아가 그 답을 열심히 찾아보기로 했다.

"나 집에 갈래. 여행 온다고 뭐 달라지냐."

예정보다 빨리 집으로 돌아가기로 마음먹었다. 예약한 숙박일을 다 채우지 못해 숙박비는 돌려받지 못할 테지만 마음은 가벼웠다. 자동차에서 느껴지는 작은 진동이 참으로 편안하고 고요한 밤이었다.

두 번째

차이를
들여다보다

크고 무거운 갓은
이제 그만
내려놓읍시다

차이 1. 남들의 시선을 대하는 자세 : 선비 vs. 마이웨이

이 세상에는 다양한 삶의 모습이 존재하고 동생의 삶이 절대 정답이라고 볼 수는 없다. 하지만 내가 변화하려고 마음먹은 딱 이 시점에, 성인이 된 이후에도 나와 같은 집에 함께 살고 있고, 나이 차이도 얼마 나지 않는 동생의 삶은 내가 비교 대상으로 삼기에 가장 적합했다. 게다가 깊은 대화를 통해 동생의 삶을 내가 세밀하게 뜯어볼 수 있다는 것도 비교 대상이 되기에 알맞았다.

상처뿐인 제주도 여행 이후 나는 본격적으로 우리의 차이에 대해 탐구해보기로 했다. 아니, 이미 어렴풋이 알았던 것들을 구체적으로 언어화했다고 보는 것이 맞겠다. 어렸을 때 문제아였던 동생은 원하는 삶을 그려가는데, 모범생이던 언니는 뒤늦게 방황하는 이 아이러니함. 나는 이 아이러니한 방황을 끝내기 위해서라도 그 차이에 대해 알아야 했다.

우리 집에 전설처럼 내려오는 캠코더 영상이 하나 있다. 스마트폰이 없었던 1990년대 중반, 소니 캠코더로 찍은 영상으로, 여섯 살인 나와 네 살의 동생이 동네 놀이터에서 나란히 그네를 타는 모습이 담겨져 있다.

영상 속에서 동생은 멀쩡히 타고 있던 자기 그네를 놔두고 갑자기 내 그네를 탐내기 시작한다. 똑같은 그네인데 내 그네가 더 그럴듯해 보였는지 동생은 급기야 자기 그네에서 내려와 내 얼굴을 쥐어뜯으며 나에게 그네에서 내려올 것을 요구한다. 나는 당황스러운 표정을 지으며 엄마를 향해 도움을 요청하는 눈길

을 보내지만, 엄마는 나를 구해주지 않고 계속 촬영하며 화면 밖에서 박장대소할 뿐이다(내심 동생이 내가 타고 있는 그네를 쟁취하는 모습을 보고 싶었다고 하신 걸로 봐서 우리 엄마도 보통 평범한 엄마는 아니다).

영상 속 나는 동생을 때리지도 않고, 그렇다고 적극적으로 밀쳐내지도 않는다. 다만 그네에 매달려 몸을 최대한 뒤로 빼고 내 얼굴을 쥐어뜯는 동생의 손을 간신히 피하고 있을 뿐이다. 그렇게 몇 분간 피 말리는 사투 끝에 나는 결국 힘없이 그네에서 내려오고 만다. 영상 속 항복의 몸짓은 지금 봐도 처량하기 짝이 없다. 곧이어 동생은 얄밉게 승리의 미소를 지으며 그네를 쟁취해낸다. 이 영상을 본 사람들은 지금까지도 "모범피가 정말 착한 아이였지"라고 말한다.

하지만 내가 그때 그네에서 내려온 이유는 착한 아이라서가 아니었다. 바로 '체면' 때문이었다. 당시 여섯 살이었지만 나는 그날을 비교적 생생하게 기억한다. 동생이 매서운 기세로 내 얼굴을 쥐어뜯자 놀이터에 있던 많은 아주머니가 "어머어머, 쟤들 좀 봐" 하면서 우릴 흥미롭게 지켜봤던 것을 말이다. 그러니까 나는 많은 사람들 앞에서 창피를 당하고 싶지 않았을 뿐, 절대 착해서 그네를 양보한 것이 아니었다. 사람들이 없는 곳에선 동생과 치고받고 참 많이도 싸웠다.

체면 차리기를 중요시했던 대표적인 사건이 또 있다. 초등학교 때 학급에 인원이 많아 오전반, 오후반으로 나누어 수업한 적이 있다(그런 시절이 있었다). 어느 날, 내가 오후반인 걸 깜박하고 오전에 학교에 갔다가 학교에 도착하고 나서야 잘못 왔다는 것을 깨달았다. 나는 짐짓 아무 일 없다는 듯이 곧장 집으로 되돌아갔다. 그런데 학교 간다고 나간 아이가 금방 돌아오는 것을 베란다에서 우연히 본 엄마는 베란다 창문을 열고 "모범피야, 왜 벌써 와?"라고 소리쳐 물었다. 고작 여덟 살이던 나는 엄마를 올려다보며 대답했다.

"들어가서 얘기할게."

시간표를 착각한 것을 온 동네 사람들이 다 듣도록 크게 외치기 싫었던 것이다. 이 사건 이후 나는 우리 집에서 선비가 되었다. 엄마는 지금도 가끔씩 이 이야기를 하시며 나를 선비라고 놀리신다.

그렇게 남들의 시선을 의식했던 꼬마 선비는 자라서 어른 선비가 되었다. 내가 실제로 마음이 끌리는 것보다 남들 보기에 그럴듯한 것을 더 추구했다. 사회에서 인정하고 좋다고 하는 것, 화려하고 빛나는 것이라면 내가 정말 원하는 것이라고 착각하기도 했다.

대학 졸업 전에 경험 삼아 지원한 IT 회사에서 인턴을 하다 운 좋게 정규직으로 전환이 됐을 때도 그랬다. 당시 나의 꿈은 PD였는데, 엉뚱하게 IT 회사에 정규직으로 입사하기로 결정했다. 그런 결정을 내리게된 데는 나의 오래된 회피 성향과 스스로에 대한 불확신이 큰 역할을 했지만, 그보다 그 회사가 대기업이라는 점과 "그 회사에 합격했는데 왜 안 가?"라는 주변 반응이 더 큰 영향을 주었다. 물론 지독한 취업난 속에서 '대학 졸업 전 입사 확정'이라는 수식어도 어른 선비의 체면을 세워주기에 충분했다.

입사 후 친한 동료들에게 "왜 그렇게 다른 사람 눈치를 많이 봐?"라는 소리를 여러 번 들었다. 처음엔 '무슨 소리야? 난 할 말은 하는 타입인데?'라고 생각했지만, 가까운 곳에서 나를 지켜보던 그들의 눈에는 아마 다 보였던 것 같다. 어딜 가나 인정받고 싶어 하는 습성, 무엇이든 잘하고 싶어 하는 습성을 말이다. 나는 어렸을 때부터 훈련된 눈치 덕분에 많은 사람들에게 그럭저럭 인정받았지만, 나의 기준이 아닌 남의 기준에 맞추기 위해 노력하는 삶은 행복에서 점점 멀어지는 길임을 아주 나중에야 깨달았다.

　　반면 동생은 원하는 것이 있으면 체면 따위는 신경 쓰지 않고 목표물을 향해 달려드는 타입이었다. 어릴 적 내 그네를 막무가내로 빼앗을 때처럼 말이다. 초등학교 시절, 집에 손님이 오셨을 때 부모님이 내놓은 딸기 한 접시를 동생이 십 분 만에 혼자 다 먹어 치운 것도 우리 집에서 두고두고 회자되는 일화다. 일찍부터 그녀의 마이웨이는 시작되었던 것이다.

　　고등학교 시절에 동생은 자신에게 필요한 과목이 아닌 수업 시간에는 늘 엎드려서 잠을 청하는 아이였다. 선생님들에게 '문제아'로 찍히는 것에 두려움이 없었다. 선생님들이 잠을 잔다고 꾸중을 하면 "이건 나한테 필요 없는데 왜 해야 해요?"라고 오히려 따져 묻는 스타일이었다. 그렇게 학교 수업 시간에는 잠을 자고, 그 체력으로 밤에 미술학원에 가서 그림을 그렸다.

학생으로서 가져야 하는 수업 태도의 옳고 그름을 떠나 동생은 자신에게 필요한 것만 신경 썼고 남의 시선 따위는 아예 신경 쓰지 않는 효율을 추구했다. 그래서 아이러니하게 성적이 좋았던 것이 선생님들을 더 화나게 하는 포인트였을 것이다. 선생님들과 갈등이 잦아지자 동생은 전학을 가겠다고 선언하기에 이르렀고, 그 말은 낙장불입이 되어 실제로 고등학교 3학년 때 전학을 가기도 했다.

또 동생은 대학생 때, 단체 활동과 선배들의 학과 행사 참여 요구를 모두 완강히 거부했다. 지금은 개인주의가 존중받는 분위기지만, 그때만 해도 선배들의 군기 문화가 여전했다. 하지만 동생은 남들이 뭐라 하든 신경 쓰지 않고 자기 기준대로 하고 싶은 건 하고, 하기 싫은 건 하지 않았다. 그렇게 행동해서 미움을 받는다거나 사람을 잃는 것에도 크게 개의치 않았다.

　무엇보다 동생은 대학 졸업 후 '백수' 타이틀을 다는 데 두려움이 없었다. 이게 나와 가장 큰 차이점이었다. 동생은 어딘가에 빨리 취업하기보다는 자신의 길을 탐색하는 데 시간이 필요하다고 판단했고, 자기 내면의 목소리에 충실히 따랐다. 나와 달리 동생은 남들이 자신을 어떻게 바라보는지보다 자신이 스스로 어떻게 바라보는지가 훨씬 중요한 아이였던 것이다.

　동생과 나의 차이점이 무엇인지 뜯어보고 있으니 새삼 느끼는 바가 많다. 정답은 없지만 단 한 번 사는 인생이라면, 삶의 기준을 오롯이 나에게 두고 스스로 삶을 설계해 나가는 것이 좀 더 행복에 가깝지 않을까? 나도 이제 그만 이 크고 무거운 갓을 벗어던질 때가 된 것 같다.

포드도 멈추고,
페라리도 멈춘다

차이 2. 삶의 속도 : 전력 질주 vs. 잠시 멈춤

최고의 자동차들이 24시간 밤낮없이 경주를 펼치는 프랑스의 '르망 24시간 레이스'. 시속 300킬로미터 이상으로 달리던 포드 자동차가 서킷을 벗어나 정비 구간에 들어오자 여러 명의 메카닉mechanic들이 달려 나간다. 그들은 속전속결로 바퀴를 교체하고, 과열된 엔진도 점검하고, 헐거워진 문짝의 나사를 조인다. 그렇게 점검을 마친 자동차는 다시 최고 속력을 뽐내며 서킷을 내달린다.

크리스찬 베일, 맷 데이먼 주연의 영화 〈포드 V 페라리〉의 한 장면이다. 나는 관객들에게 많이 회자되는 숨 막히는 자동차 액션 장면이나 결승선 통과 장면보다 이 자동차 정비 장면이 마음에 더 깊이 남는다. 전력으로 질주해야 할 레이싱 카가 트랙 밖에서 잠시 쉬어가고 점검하는 시간을 갖는 것이 놀라웠기 때문이다.

우리나라에는 특유의 근면 성실함 때문에 쉬는 것에 죄책감을 느끼는 사람들이 많다. 그 특성은 휴식을 위해 떠난 여행지에서 극단적으로 두드러진다. 새벽 6시부터 호텔 로비에 모여 온갖 랜드마크를 빠른 시간 안에 둘러보고 인증 샷까지 몇백 장 남기는 사람이 있는가 하면, 5박 7일 일정으로 동유럽의 모든 도시를 다 여행하는 사람도 있다.

한 장소에 오래 머물고 있으면 '내가 지금 이래도 되나?' 하고 손해 보는 기분까지 느낀다. 쉬러 온 여행인지 고생하러 온 여행인지 가끔 헷갈릴 정도다. 이 정도로 우리는 '쉼'에 대한 잘못된 강박이 있다.

나도 그랬다. 늘 쉼 없이 정해진 트랙을 따라 달렸다. 대학 진학, 졸업, 취업까지 착실하게 단계를 밟아 나갔다. 그 결과 재수 생활도 취준 생활도 겪지 않은 아주 운 좋은 사람이 되었다. 조금 더 보태면 큰 굴곡은 겪어보지 못한 온실 속 화초 같은 사람이라고나 할까. 그 결과, 내게 돌아온 건 진짜 내 것은 하나 없는 공허함과 '앞으로 어떻게 살아야 하지?' 같은 사춘기 때 다들 한번쯤 하는 물음뿐이었다. 어렸을 때 뭐든지 척척하던 아이가 커서는 오히려 방황하는 어른이 된 것이다.

문제는 '멈춤'을 모르고 자란 모범생들은, 이후에 '어? 내 인생 제대로 안 돌아가는 것 같은데?' 하는 위기감을 느껴도 멈추기가 어렵다는 것이다. 이렇게 문제가 생긴 채로 인생을 질질 끌고 가다가 몸과 마음이 상하는 지경에 이르기도 한다. 바로 내가 그랬으니까.

한번은 회사에서 치약을 짜다가 잘못해서 치약이 바닥에 떨어졌는데, 갑자기 너무 화가 나서 멀쩡한 첫 솔을 휴지통에 집어던진 적도 있다. 단단히 고장 나 있던 마음이 엉뚱한 데서 폭발한 것이다.

　　인간의 신체와 정신을 연구하는 시어도어 다이먼은 "늘 하던 방식대로 행하는 것을 멈추는 것이 배움의 비결이다. 과거 방식대로 하면 늘 과거와 같기 때문에 더 나은 삶을 위해서는 과거와의 단절이 필요하다"라고 했다. 신기하게도 스스로 만족스러운 삶을 사는 사람들은 모두 '멈춤의 시간'을 가지고 충분히 자신을 성찰했다는 공통점이 있다. 그것은 어떤 한계에 의한 강제적인 멈춤일 수도 있고, 자신의 의지에 따른 자발적인 멈춤일 수도 있다.

학창 시절 지독히 선생님들의 속을 썩이던 내 동생은 나와는 달리 자주 인생의 정지 버튼을 눌렀다. 첫 번째로 고등학교 졸업 이후 재수를 하면서 멈췄고, 두 번째로 대학교 때 휴학을 하면서 멈췄고, 마지막으로는 대학 졸업 후 스스로 백수가 되기를 선택하면서 멈췄다. 그 시간 동안 동생에게 뭘 했냐고 물으니, 혼자 조그만 방에서 많은 시간을 보내면서 '내가 정말 무엇을 좋아하고 무엇을 하고 싶은지', '남들보다 잘하는 나만의 것이 무엇인지'를 깊이 고민했다고 한다.

동생은 패션을 전공했지만 패션이 적성에 맞지 않다고 판단했다. 단지 패션을 전공했다는 이유만으로 전공 관련 업종을 직업으로 선택하지 않았다. 그리고 시어도어 다이먼이 말한 것처럼 과거와 단절하고 처음부터 새롭게 시작했다.

본격적으로 일을 시작하고 나서도 동생은 일이 잘 안 풀리거나 문제가 있다는 생각이 들면, 다음 작업을 시작하기 전까지 충분히 멈춰가는 시간을 가졌다. 2019년 뮤직비디오 작업 이후에는 무려 5개월을 쉬었다. 그 전까지 2년 동안 쉼 없이 달려왔기 때문에 체력이 방전돼 있었고, 자신의 작품 스타일에 회의를 느껴서라고 했다.

이렇게 동생은 틈틈이 쉬는 시간을 가지면서 앞으로 더 나아갈 연료를 얻었고, 많은 인풋을 집어넣으면서 아웃풋을 할 준비를 했다. 그리고 5개월이 지난 후, 또 다른 전시 작업을 힘차게 시작할 수 있었다.

경쟁이 치열한 현시대를 살아가는 이들이 모두 긴 시간 일을 쉰다는 건 불가능할 수 있다. 어쩌면 누군가는 배가 불렀다고 할 수도 있다. 하지만 감히 이야기하고 싶은 것은 내 인생이 마음에 들지 않는다고 느낀다면, 우선 멈춰 서서 현재의 문제점을 생각해보아야 한다는 것이다. 명료해질 때까지. 퇴근 후 10분이든, 1시간이든, 일주일 휴가를 내든 얼마큼이라도 좋다. 너무 진부한 말이지만, 아무것도 하지 않으면 정말 아무 일도 일어나지 않는다.

시속 300킬로미터 이상으로 달리는 포드도, 페라

리도 잠시 멈춰서 쉬어간다. 멈춘다는 것은 절대로 뒤처지는 것이 아니며, 자의로든 타의로든 멈추는 것이 또 하나의 새로운 기회가 될 수 있다. 잘 달리는 드라이버와 잘 고치는 메카닉이 환상의 조화를 이루는 팀이 경기에서 우승컵을 쥐기 마련이니까.

그냥 나서서
재수 없는
사람이 되자고요

차이 3. 어디에 집중할 것인가 : 부족한 것 vs. 빛나는 것

"꼭 오셔야겠는데요."

이게 무슨 말일까. 전화를 건 상대방의 의중을 도무지 헤아릴 수 없어 난감했다. 내가 상을 받을 가능성이 조금도 없어 보였는데, 시상식에 꼭 오라고 하는 것은 도대체 무슨 의미란 말인가.

학부 시절의 일이다. 교내 방송국 활동을 하면서 친구들과 다큐멘터리 한 편을 제작했다. 여름 내내 꽤 공들여 만들었고, 완성된 작품을 우리끼리만 보기 아까워서 한 대학교가 주최하는 영상제에 출품했다. 청소년과 대학생이 작품을 출품할 수 있는, 10년 넘게 이어져온 나름 예비 영상인들의 축제였다.

그런 곳에서 우리의 작품이 본선에 진출했다는 소식을 듣게 된 것이다. 그래서 기쁜 마음을 안고 본선 진출 작품 상영회에 다녀왔는데, 거기서 그만 기가 팍 죽어버리고 말았다. 우리 작품이 눈에 띄게 초라했기 때문이다. 다큐멘터리부터 단편영화에 이르기까지 다양한 장르의 작품이 상영됐는데, 대부분의 작품들이 최신 디지털 장비로 촬영되었고, 있던 사람도 감쪽같이 없어지게 만드는 특수 효과까지 뽐내고 있었다. 편집이 프로 수준으로 매끄러운 것은 말할 필요도 없다.

그런 작품들 속에서 우리 작품은 나쁜 의미로 유난히 튀었다. 6밀리미터 카메라로 어설프게 찍은 저화질 영상과(요즘 같은 세상에 무려 테이프를 넣고 찍는 카메라였다) 제대로 배운 적 없는 주먹구구식 편집 실력이 많은 사람들 앞에 낱낱이 까발려졌다. 게다가 상영 순서도 맨 마지막이라 대비성은 극에 달했다. 사람들의 야유가 들리는 듯해서 우리의 작품이 상영되는 내내 나는 고개를 들지 못했다. 그날 집으로 돌아오는 길은 꽤 착잡했던 것 같다. '본선에 진출한 게 어디야'라며 자기 위로를 하면서도, 현장에서 상영된 조잡한 장면이 눈앞에서 재현되는 듯하여 마음이 괴로웠다.

분명 그랬는데, 도대체 왜 영화제 담당자는 나보고 시상식에 굳이 오라고 하는 것일까? 아무래도 행사에 사람이 너무 적으면 그림이 좋지 않으니까, 머릿수를 채우기 위해 본선에 진출한 모두에게 연락을 돌리는 거라고 멋대로 넘겨짚었다.

"오늘 빠지기 어려운 수업이 있어서요."

대충 둘러댔다. 그들만의 축제에 들러리가 되고 싶은 마음은 없었다.

"흠, 혹시 대신 오실 분도 없으신가요?"

이쯤 되니 뭔가 이상했다. 담당자는 잠시 머뭇거리다 말을 이어 나갔다.

"이거 사실은 말씀드리면 안 되는데… 수상하셨어요. 그래서 꼭 오셔야 할 것 같아요."

청명한 가을날 오후, 시상식은 야외에서 페스티벌 형식으로 이루어졌다. 참가상 정도 받을 거라 생각했는데, 어찌 된 일인지 시상식이 거의 끝나갈 때까지 내 이름은 불리지 않았다. 뭔가 착오가 있었나 싶어서 씁쓸한 마음이 들었지만, 이왕 온 거 구경이나 하고 가자는 마음으로 자리를 지켰다. 그런데 마지막 대상 수상자가 호명됐을 때 심장이 터질 뻔했다. 놀랍게도 그것은 정확히 내 이름과 일치했다.

그랬다. 무려 대상이었다. 무허가 주택의 수해 복구에 대한 책임 소재를 묻는, 아마 많이 어설펐을 저널리즘 형식의 다큐멘터리를 심사위원들이 기특하게 봐주신 모양이었다. 그날 너무나 놀랍고 벅차서 수상 소감을 어떻게 했는지도 기억이 나지 않는다. 다만 함께 다큐멘터리를 제작했던 팀원들과 근처 술집에서 새벽까지 축배를 들었던 즐거운 기억만이 흐릿하게 남아 있다.

우리 작품은 미적인 부분이나 기술적인 측면에서 다른 경쟁작에 비해 한참 뒤떨어졌던 게 사실이다. 하지만 부족한 점을 덮을 만한 빛나는 점 또한 분명히 존재하고 있었다. 주제 의식이나 스토리텔링, 현장감 같은 것들 말이다. 하지만 나는 부족한 점에 지나치게 집중해서 스스로를 저평가했고, 하마터면 우리 작품의 가치를 몰라보고 그냥 지나칠 뻔했다.

살아오면서 꽤 많은 순간 비슷한 경험을 했다. 나는 채워진 부분보다 채워지지 않은 부분들이 먼저 보였다. 그래서 그 구멍을 메우기 위해 상당히 오랜 시간을 애썼다. 어느 날, 퇴근 후 집에 돌아와 동생에게 이런 하소연을 한 적이 있다.

"아무래도 데이터 분석을 배워야 할까 봐."

"갑자기 왜?"

"다른 사람들은 그거 다 잘해. 나만 못해."

동생은 내가 퇴근길에 포장해 온 떡볶이 하나를 입에 밀어 넣으며 말했다.

"언니가 데이터 분석을 못하는데도, 그 팀에서 언니를 뽑은 데는 다 이유가 있지 않을까?"

그날 나는 고민 끝에 데이터 분석 수업의 수강 신청을 포기했다. 우리가 살면서 진짜 집중해야 할 것은 그런 '이유'들이 아닐까? 남들보다 부족하지만 내가 여기 있는 이유, 남들보다 부족하지만 내가 이 사람에게 사랑받는 이유, 남들보다 부족하지만 내가 이 일을 해야 하는 이유 같은 것.

남들보다 못나고 부족한 수많은 것 중에 나만의 빛나는 것을 발견하고 집중하는 삶의 태도는 많은 순간 우리를 구원할 거라고 믿는다. 그리고 정말 감사하게도 우리는 어떤 것에 집중할지를 스스로 선택할 수 있다.

요즘은 매사에 빛나는 것들을 먼저 보려고 노력한다. 남들이 별로라며 혹평한 영화에서도 좋은 점을 하나라도 더 찾아보려고 애쓴다. 아쉬운 점에 대한 비판은 누구나 할 수 있지만, 아쉬운 것들 속에서 빛나는 점을 찾아내는 건 아무나 할 수 있는 일이 아닐 것이다. 그리고 그렇게 좋은 걸 찾아내는 안목을 내게도 그대로 적용하려고 노력한다. 나의 빛나는 점들에 집중하고 에너지를 쏟는다. 그래서 지금은 나만의 빛나는 점을 하나씩 찾아가는 중이다.

모든 걸 다 잘하려고 하는 것은 일종의 모범생 콤플렉스다. 경영학의 아버지 피터 드러커도 "자신이 못하는 일을 평균 수준으로 향상시키는 것보다 자신이 잘하는 일을 탁월한 수준으로 향상시키는 것이 더 쉽다"라고 했다. 만약에 내가 부족한 걸 메우려고 애썼던 그 수많은 시간 동안 나만의 능력을 갈고닦았다면 어땠을까.

하지만 그 시절의 나는 나름대로 최선의 선택을 한 것이고, 그 모든 과정을 겪어낸 결과가 지금의 나이므로 아쉬워하지 않으려 한다. 다만 앞으로는 스스로 나서서 못남을 자처하느니, 그냥 나서서 잘난 척하는 사람이 되고 싶다. 나부터 나의 장점들을 요란하게 추켜세워주고 싶다. 그러니까 적어도 나한테는 너무 잘난 척해서 재수 없는 사람이 되어야겠다.

인생도
가이드북이
필요한가요?

차이 4. 어디로 걸을 것인가 : 안전한 길 vs. 나만의 길

"죄송합니다. 제가 그날 출장이 있어서요. 정말 죄
송합니다."

휴대폰을 귀에 대고 머리를 몇 번이나 조아렸는지
모른다. 가지도 않을 출장까지 들먹이며 부탁을 거절
하는 일은 생각보다 쉽지 않았다. 애초에 하겠다고 하
지나 말걸…. 무거운 죄책감이 나를 짓눌렀다.
입사 3년 차 때, 모교에서 취업 특강 제의를 받았

다. 당시 나는 운 좋게도 대학생들의 취업 선호도가 높은 기업에 다니고 있었다. 지금처럼 그 당시에도 취업난이 심각했고, 졸업해도 후배들을 나 몰라라 하지 않겠다는 알량한 의리가 있던 시절이었다. 하지만 선뜻 제의를 승낙하자니 마음에 걸리는 부분이 있었다. 우선 고민해보겠다고 답변한 후 전화를 끊었지만, 며칠 후 전공 과목 교수님께서 직접 연락을 주셔서 결국 취업 특강을 승낙하게 됐다. 학교에서 나를 잊지 않고 찾아준 게 감사하기도 했고, 미래가 막막할 후배들에게 조금이라도 도움이 될 수 있다면 여러모로 기쁠 것 같았다.

약속한 날짜를 며칠 앞두고 부랴부랴 취업 특강 자료를 준비하려고 컴퓨터 앞에 앉았다. 그런데 이상하게 단 한 글자도 써지지 않았다. 뭔가 영 내키지 않아서 나 자신에게 질문하는 것부터 시작했다.

'나는 자신 있게 이곳에 취업하라고 이야기할 수 있을까?'

'아니….'

자신이 없었다. 그렇게 한참을 우두커니 앉아 아무것도 채우지 못한 PPT 슬라이드만 보며 모니터와 길고 긴 대치를 한 끝에 마침내 진짜 하고 싶은 말이 둥실 떠올랐다.

당장 취업을 목표로 하지 말고, 어떻게 살아야 할지를
천천히 고민해보는 시간을 가졌으면 좋겠어요.

나름 오래 생각하고 천천히 한 자 한 자 적은 글인데, 다 적고 보니 참 별로다 싶었다. 어느새 나도 꼰대가 되어버린 걸까. 나도 못 한 걸 선배랍시고 후배들에게 하라니 부끄럽기 짝이 없었다. 이미 안정적인 곳에 취업한 자의 배부른 소리처럼 들려서 좀 재수 없기도 했다. 하지만 이것이 나의 진심이었다.

가이드북과 함께했던 여행을 떠올려본다. 가이드

북에 나온 대로 여행을 하면 언제나 '중박' 이상은 했다. 가이드북이 있으면 시드니에 가서 오페라 하우스를 보고, 도쿄에 가서 시부야 골목을 거니는 그런 검증된 여행을 할 수 있었다. 하지만 뭔가 늘 아쉬움이 남곤 했다. 반면 가이드북 없이 내 마음이 이끄는 대로 향했던 여행은 어땠나. 가끔 열차를 놓치기도 하고, 예상치 못한 비용을 지출하기도 했지만, 어떤 식으로든 진한 추억을 남겼다.

내 인생은 마치 가이드북을 따라 하는 여행 같았다. 남들이 하는 건 다 하면서 안전한 루트를 따라 걸었다. 고등학교 때는 좋은 대학을 목표로 걸었고, 대학교 때는 취업의 5대 스펙이니 7대 스펙이니 하는 것들을 차곡차곡 쌓으면서 좋은 직장을 향해 걸었다. 인생에 마치 정해진 단계가 있는 것처럼 그랬다.

지금 생각하면 학점 관리, 어학 점수 따기, 동아리 활동, 대외 활동, 공모전, 교환학생, 인턴 같은 것들을 어떻게 모두 할 수 있었는지 의문이다. 취업 준비를 하며 다양한 경험을 할 수 있었던 건 큰 행운이었지만, 지금 생각하면 굳이 그렇게까지 할 필요가 있었을까 싶다. 덕분에 내 인생은 큰 리스크 없이 안전했다. 마치 파리에 가서 에펠탑을 보고 몽마르트르 언덕에 갔다가 루브르 박물관을 구경하는 정석 코스를 밟는 듯한 안정감이 있었다.

하지만 동생은 달랐다. 애초에 가이드북 따위는 던져버린 삶을 살았다. 중고등학교 때 제멋대로 행동해서 문제아로 찍힌 것은 말할 것도 없고, 대학교 때는 학과 공부가 적성에 맞지 않아 방황하기도 했다. 워낙 자신을 꾸미고 옷 입는 걸 좋아해서 패션이 적성에 맞을 거라고 생각했는데, 막상 대학에 가서 패션을 접해보니 자신의 이상과는 달랐던 것이다.

비싼 등록금을 내고 수업에 무단결석하기를 여러 날, 정말 이렇게 살다가는 이도 저도 안 되겠다고 생각한 동생은 대학교 2학년 때 갑자기 휴학을 했다. 그리고 아르바이트를 해서 열심히 돈을 모아 유럽으로 떠났다. 이제까지의 삶에서 벗어나 새로운 세상을 보고 싶다는 말만 남기고.

　특별한 계획은 없었다. 그저 발 닿는 대로 정처 없이 유럽을 떠돌던 어느 날, 우연히 파리의 오픈 전시회에 간 동생은 그곳의 드로잉 작품들을 보고 압도당하는 느낌을 받았다. 러프하고 미완성이었지만 그 자체로 아름다움이 느껴지는 그림들이었다. 기술적으로 완성도가 높지는 않았지만, 단번에 눈길을 사로잡는 멋이 있었다. 심지어 그 그림들은 액자에 걸려 있지도 않았고, 멋대로 찢어진 스케치북이나 영수증 위에 자유롭게 그려져 있었다. 디테일 하나하나까지 꼼꼼하게 그리는 스타일이 아니었던 동생은 입시 미술을 배울 때 자주 지적을 받곤 했는데, 그곳은 대충 그린 듯한 그림들이 오히려 당당하게 자신만의 매력을 뽐내고 있었다.

　틀에 박히지 않은 작품, 느슨하게 인터뷰하는 사람들의 태도, 분위기에 맞게 음악을 틀던 디제이의 모습까지, 그날의 파리가 동생의 머릿속에 한 장의 사진으로 남았다. 그곳에 있던 사람들은 모두 동생과 비슷한 또래의 젊은 예술가들이었고, 동생은 '나도 저렇게

그려보고 싶다'는 생각을 했다.

여행하는 내내 동생의 발걸음은 유명 편집숍 같은 패션 매장으로는 좀처럼 향하지 않았다. 유럽 여행을 통해 동생은 자신이 패션보다 그림 그리는 걸 좋아하는 사람이라는 것을 확실히 알게 됐다. 비록 학점 쌓기와 토익 공부에 열을 올리지는 않았지만, 동생은 그보다 더 중요하고 커다란 걸 얻었다.

1년간의 휴학을 마치고 복학한 동생은 전공 수업뿐 아니라 회화과 수업도 챙겨 들었다. 무엇보다 '표현 기법 연구'라는 수업은 동생에게 새로운 세계를 열어주었다. 그 수업을 통해 세상의 모든 재료로 그림을 그릴 수 있고, 세상의 모든 재료가 캔버스가 될 수 있다는 사실을 배웠다. 동생은 그때부터 이것저것 다양한 시도를 하면서 자신만의 스타일을 찾기 위해 노력했고, 그 후 오랜 시간에 걸쳐 결국 자신의 시그니처 스타일을 만들어냈다.

"넌 그렇게 잠이 많아서 나중에 어쩌려고 그러냐. 사회생활은 시간 약속이 가장 중요한 거야. 너 그러는 거 고쳐야 해."

동생의 또래 친구들이 취업의 문턱을 넘고 있을 때, 아빠가 동생에게 하셨던 단골 잔소리다. 동생은 낮밤이 뒤바뀐 생활을 하고 있어서 수업 시간이든 친구와의 약속 시간이든 자주 지각을 하곤 했다. 우리 가족은 동생이 사회인이 되었을 때 겪을 온갖 수모를 떠올리며 혀를 끌끌 찼다.

하지만 동생은 잔소리를 들을 때마다 "늘 같은 시간, 같은 자리에 출근하는 삶은 불가능해!"라고 다소 창의적인 결론을 내렸고, 비교적 시간의 제약에서 자유로운 프리랜서의 삶으로 방향을 틀었다. 물론 조직 생활이 도저히 맞지 않을 것 같다는 이른 판단도 한몫했다.

그렇게 동생은 디자인 회사에 면접을 다니는 대신 백수의 길을 선택하며 자신을 세상에 드러낼 준비를 했다. 그 기간에 작업한 작품들은 동생에게 여러 기회를 주었고, 지금은 자신이 좋아하는 일로 밥벌이를 하며 살고 있다. 동생은 평범하고 보통의 경로대로 살지 않아 많은 시행착오를 거쳤지만, 결국 자신에게 꼭 맞는 길을 찾은 셈이다.

"지금 내가 잘하고 있는지 잘 모르겠어."

"돈은 어떻게든 벌어. 뭘 하면서 버는지가 중요한 거야."

백수 시절에 스스로를 의심하던 동생에게 내가 해줬던 말이다. 동생은 저 말이 당시 정말 큰 힘이 되었다며 지금도 때때로 고맙다는 말을 한다.

그러니까 나는 구체적으로 언어화하지는 못해도 어렴풋이 알았던 것이다. 대학생들의 목적이 취업이 되어서는 안 되고, 좀 더 멀리 보고 인생을 설계할 필요가 있다는 것을 말이다. 그것 때문에 '취업 특강'이라는 단어에 본능적으로 거부감을 느꼈던 것 같다. 혹자는 이런 나를 두고 "철이 없다", "아직도 인생에서 재미를 찾니?"라고 말한다. 모두 일리가 있는 말이다. 하지만 나는 자유롭게, 제멋대로 유영하면서도 만족스러운 인생을 사는 사람들을 가까이에서 꽤 많이 지켜봤다.

정답이 없는 게 인생이다. 가이드북을 따라 살아도 좋고, 제멋대로 살아도 좋고, 가이드북을 따라 살면서 가끔 일탈하는 것도 좋다. 하지만 나에게 어떤 스타일이 맞는지 알기 위해서는 충분한 시간이 필요하다. 삶에 있어 늦은 때는 없다고 생각하지만, 나는 그런 고민이 대학생 때 이루어지면 가장 좋다고 생각한다.

오래 고민한 결과 아무래도 취업 특강은 내 역량의 일이 아니라는 걸 알았다. 취업이 인생의 전부인 양 내가 살아온 삶이 정답인 것처럼 말할 수 없었다. 나는 후배들이 어느 곳에 취업할 건지보다 어떤 삶을 살 건지 좀 더 진지하게 고민하길 바랐다. 하지만 학교에서 원한 취업 특강의 내용은 절대 그런 게 아닐 것이므로, 결국 출장이라는 예정에도 없는 이벤트까지 지어내며 취업 특강 제의를 고사하게 됐다.

대학 시절, 취업 특강을 왔던 한 PD 선배님이 하신 이야기가 떠오른다.

"학교 방송이나 대외 활동 같은 거 한다고 너무 애쓰지 마세요. 그럴 시간에 혼자 조용히 글을 쓰세요."

그때 나는 교내 방송국 활동에 삶 전체를 바치고 있었기 때문에, 그 말에 얼마나 화가 났는지 모른다. 하지만 지금은 무슨 뜻인지 알 것 같다. 누구보다 나 자신과 먼저 대화하고, 어떤 삶을 살고 싶은지 홀로 조용히 정의를 내려보는 일, 인생이라는 여행에서는 그게 가장 중요하다는 것을 말이다.

때로는 꽉 쥔
손에서 힘을
풀어야 해요

차이 5. 원하는 것이 있을 때 : 안전 지향 vs. 목표 지향

어렸을 때 동생과 함께 슈퍼에 가면 과자 하나를
고르는 데도 한참이 걸렸다. 나는 항상 치토스나 칸쵸
같이 맛있다는 게 검증된 과자를 사길 원했고, 동생은
안 먹어봤지만 맛있어 보이는 새로운 과자를 사고 싶
어 했기 때문이다. 엄마가 주신 돈은 충분하지 않아서,
이걸로 우리는 종종 말다툼을 했다.

한번은 동생이 징그럽게 생긴 개구리알 젤리를 사
겠다고 우겨서 얼마나 싸웠는지 모른다.

"맛없으면 어쩌려고 이걸 사냐. 징그럽게 생겼잖아!"

"맛있을지도 모르잖아! 먹어보지도 않고 어떻게 알아?"

매번 이런 식이었다. 동생이 떼를 써서 종종 요상한 과자를 사 먹기도 했다. 그것은 성공적일 때도 있었고, 대실패일 때도 있었다. 하지만 어느 날 돌아보니 동생 덕분에 우리의 '맛있는 과자' 스펙트럼은 꽤 넓어져 있었다.

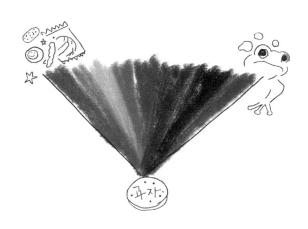

내가 이미 알고 있는 익숙한 맛을 포기해야 새로운 맛을 경험할 수 있다. 새로운 것을 손에 쥐려면 이미 손에 쥔 것을 놓아야 한다. 하지만 대부분의 사람들은 이미 가진 '그것'마저 놓칠까 봐 새로운 것을 향해 쉽게 손을 뻗지 못한다. 직장인들이 매일 퇴사를 꿈꾸지만 쉽게 사직서를 던지지 못하는 데는 다 이유가 있는 것이다.

요즘은 MBTI 성격 유형 검사가 인기다. 얼마 전 나는 갤럽에서 진행하는 강점 분석 검사Clifton Strengths를 해보았다. MBTI가 성격 유형을 분류한다면, 강점 분석 검사는 이름 그대로 개인의 강점을 발견하는 것을 목적으로 한다. 이 검사에서는 개인의 다섯 가지 대표 특성을 뽑아서 알려주는데, 여기서 나온 나의 첫 번째 특성이 아주 흥미롭다. 무려 '심사숙고'가 나온 것이다.

이 성향에 대한 설명을 몇 줄 발췌하자면 이렇다.

- 심사숙고 테마가 특히 강한 사람들은 의사결정을 내리거나 선택을 할 때, 제반 사항을 신중하게 고려하는 성향을 가지고 있습니다.
- 당신에게 인생은 지뢰밭과 같습니다. 다른 사람들은 앞뒤를 가리지 않고 무모하게 달려들지도 모르지만 당신은 다르게 접근합니다. 당신은 위험 요소를 찾고 위험성을 재본 다음, 한 번에 한 발자국씩 심사숙고해서 발을 내딛습니다.

나를 대표하는 첫 번째 특성이 심사숙고라니 기분이 썩 좋지는 않았다. 어쨌든 나는 '쿨함'이나 '과감한 도전' 같은 단어들과는 상당히 거리가 먼 사람이었던 것이다. 기분은 별로였지만 이것이 사실임을 인정할 수밖에 없었다.

실제로 나는 중요한 결정을 내릴 때, 가장 먼저 '이거 잘 안 되면 어떡하지?'를 걱정하는 타입이다. 한 예로, 이직이나 퇴사를 고민할 때는 대차대조표를 만들어서 질릴 때까지 선택지를 비교한다. 현 직장에 남았을 경우와 떠났을 경우의 장단점을 엑셀 표로 일목요연하게 정리해서 가까운 친구들을 모아놓고 그들의 의견을 묻는다. 그럴 때마다 친구들의 반응은 오직 하나다. "이걸 이렇게까지 한다고?" 나는 어떤 선택을 함으로써 내가 얻는 것 이상으로 잃을 것에도 마음을 썼다. 그래서 늘 크게 잃는 것은 없었지만, 새로운 일에 과감하게 뛰어들지도 못했다.

(이쯤 되면 예상하셨겠지만) 동생은 나와는 많이 달랐다. 어느 날 동생은 '칸의 총아'라고 불리는 그자비에 돌란 감독의 영화 〈마미〉를 보고 깊은 감명을 받았다. 그리고 불현듯 영화 속 주인공이 스케이트보드를 타고 가다가 마트 주차장에서 카트를 잡고 뱅글뱅글 도는 장면을 움직이는 형식으로 그리고 싶다는 생각을 했다.

당시 동생은 일러스트레이션과 같은 정적인 작업을 진행하고 있었기 때문에 애니메이션은 다소 낯선 세계였다. 하지만 그림을 꼭 움직이게 해야 동생이 받은 감동이 제대로 표현될 것 같았다. 결국 동생은 유튜브로 애니메이션 기법을 어렵게 독학하며 영화 〈마미〉의 한 장면을 로토스코핑roto scoping* 형식의 애니메이션으로 제작해냈다.

그런데 뜻밖에도 이 작품을 본 주변 사람들의 반응이 생각보다 괜찮았다. 이에 용기를 얻은 동생은 '그냥 한번 해보기나 하자'는 마음으로 작품을 직접 그자비에 돌란 감독에게 트윗하기에 이르렀다. 답변을 기대하고 한 행동은 아니었으나 놀랍게도 그자비에 돌란 감독에게서 "정말 아름다운 작품이고, 무척 감동했다"라는 답이 왔다. 그는 동생의 첫 작품을 자신의 트위터에 소개까지 해주었다. 우리는 원래 그자비에 돌란 감독의 엄청난 팬이었기 때문에 이 소식을 들었을 때 너무 기뻐서 온 집안을 마구 뛰어다녔다.

덕분에 동생의 작품은 상당수 리트윗됐다. 지금

---

* 사람의 움직임을 영화 카메라 등으로 찍은 후, 그것을 한 프레임 한 프레임 애니메이션으로 옮겨 그리는 기법

보면 어설픈 구석이 많은 첫 작품이지만 전 세계의 많은 사람들이 일러스트레이션에 움직임을 추가하니 신선하다는 반응을 보였다. 동생은 이 일을 계기로 본격적으로 영상 작업을 시작했다. 누가 알았겠는가. 패션 디자인을 전공한 동생이 애니메이션을 하게 될 줄을!

동생은 그때부터 하루에 하나씩 애니메이션을 제작해서 포트폴리오 사이트에 업로드하기 시작했다. 하루에 하나를 올리겠다는 자신과의 약속만큼은 꼭 지키려고 노력했다. 노력은 어떤 형태로든 결실을 보게 된다. 꾸준히 포트폴리오를 쌓으니 여기저기서 작업 제의가 들어왔고, 지금은 영상 작업을 주업으로 하게 됐다.

만약 동생이 이미 손에 쥐고 있는 것들을 생각하느라 새로운 분야에 도전하지 않았다면 어떻게 됐을까? 아마 지금만큼 일에 대한 만족과 행복은 누리지 못했을 것이다. 그런 생각을 하면 조금 아찔해진다.

가끔은 돌다리를 너무 여러 번 두드리지 않는 게 더 도움이 될 때가 있다. 뭔가 하고 싶다면 그 마음을 믿고 우선 가보는 것, 자신의 마음속에 피어오르는 '흥미'라는 불씨를 무시하지 않고 키워내는 것, 이런 태도가 완벽히 새로운 세계를 열어주기도 한다.

물론 목표를 세울 때 리스크는 반드시 고려해야 한다. 하지만 리스크에만 집중하다 보면 정작 목표가 희미해질 수 있다. 정말 하고 싶은 게 있다면 리스크에 집중하기보다 원하는 것을 얻기 위해 구체적으로 무엇을 해야 하는지 실질적인 방법을 고민해보는 게 더 현명하다.

꽉 쥐고 있던 손에서 천천히 힘을 풀어본다. 이제는 손가락 사이로 빠져나가는 것들이 그리 아쉽지 않을 것 같다.

도쿄 츠타야
서점에서

차이 6. 일과 놀이 : 일치 vs. 불일치

　　동생과 함께 도쿄 여행을 갔을 때다. 나는 츠타야 서점에서 약간 실망감을 느끼고 있었다. 주변 사람들이 도쿄에 간다 하니 츠타야 서점은 반드시 가보라고 추천해줬는데, 와서 보니 금세 흥미를 잃어버렸기 때문이다. 서점 건물 자체가 울창한 나무들에 둘러싸여 있는 것도 근사하고, 책뿐 아니라 여러 가지 물건을 함께 판매하며 라이프 스타일을 제안하는 콘셉트도 멋졌지만, 딱 거기까지라고 느꼈다. 어쩐지 나만 이곳의 가치를 제대로 이해하지 못하는 것 같아 약간 자괴감까지 들었다.

오랜만에 얻은 긴 휴가였다. 여행 중 하루도 허투루 쓰고 싶지 않았지만 9월의 도쿄는 한여름처럼 뜨거웠고, 전날 도쿄 디즈니씨Disney Sea에서 에너지를 많이 소진했기 때문에 피곤한 상태였다. 흥미도 잃고 힘들어서 동생에게 혼자 서점을 구경하고 오라고 한 후, 2층 음반 코너 구석 자리에 자리를 잡고 앉았다. 잔잔하게 들려오는 클래식은 마치 자장가 같았고, 적당히 시원해서 나도 모르게 깜박 잠이 들었다.

얼마나 좋았을까. 곧 돌아올 거라고 생각했던 동생은 웬일인지 한참이 지나도 소식이 없었다. 어디냐고 독촉의 메시지를 보냈지만, 메신저의 숫자 1은 도통 사라질 기미가 보이지 않았다. 슬슬 배는 고프고, 머릿속에는 호텔 근처 맛집이라고 소문난 식당의 스시와 맥주만 가득했다. 더 이상 못 참겠다 싶어서 동생을 직접 찾아 나섰다.

ART/DESIGN 코너에서 동생을 어렵지 않게 찾

을 수 있었다. 저 녀석은 내 연락도 씹고 도대체 뭘 하는 걸까. 배가 고프면 누구나 예민해지는 법이다. 나는 약간의 앙심을 품고 동생에게 성큼성큼 걸어갔다. 하지만 쉽게 동생의 이름을 부를 수 없었다. 무엇인가에 몰입하고 있는 사람을 보면 이유 없이 숙연해지기 마련인데, 동생의 뒷모습에서 그와 비슷한 기운을 느꼈기 때문이다. 동생은 가끔 주저앉거나 까치발을 하기도 하며, 그 큰 책장에 꽂힌 책을 하나하나 다 들여다볼 기세였다. 동생에게 알아볼 수 없는 일본어는 그리 큰 문제가 아닌 듯했다. 나는 선뜻 말을 붙일 수 없어 주변에서 조금 서성거렸다.

"도쿄에서 여기가 제일 마음에 들어."

그 후로도 한참 책을 보던 동생은 눈을 반짝거리며 말했다. 확실히 여행 중 가장 신나 보이기는 했다. 이미 동생의 손에는 프랜시스 베이컨과 데이비드 호크니의 아트북, 그리고 두꺼운 일본 광고 디자인 서적이 여러 권 들려 있었다. 동생은 한국에서 구하기 어려운 서적을 잔뜩 사 갈 거라고 이야기하며 진심으로 설레어했다.

문득 부러워졌다. 일과 놀이가 일치하는 삶, 그래서 가슴 설렐 수 있는 삶이라면 정말 행복하겠다고 생각했다. 그리고 그건 내가 늘 꿈꾸던 모습이기도 했다. 동생은 삶이 내 맘 같지 않거나 지칠 때마다 입버릇처럼 "파리의 어느 카페에 앉아 그림이나 그리고 싶다"라고 말하곤 했다. 미술은 동생의 삶을 관통하는 큰 줄기였던 것이다.

1년이라는 시간은 참 많은 것을 변화시켰다. 백수 시절 아메리카노 한 잔 사 먹는 것도 어려웠던 동생은 어느새 여행지에서 제법 비싼 디자인 서적을 망설임 없이 살 수 있게 되었다. 이런 동생이 대견했지만, 한편으로는 나를 돌아보지 않을 수 없었다. 지난 1년 동안 나는 어땠는가? 무엇인가에 열정적이었던 때가 있었나? 퇴근과 주말만 기다리는 삶을 살지는 않았나? 일을 숙제처럼 하지는 않았나?

궁금했다. 내가 온 마음을 쏟아부을 만한 것은 도대체 어디에 있을까? 아니, 그런 것이 있기나 할까? 나는 여전히 실체 없는 것을 좇는 기분이었다. 항상 여기 아닌 어딘가를 꿈꾸면서, 그 어딘가의 구체적인 모습은 잘 그리지 못했다. 세상의 모든 사람들이 좋아하는 일을 하면서 살지는 않는다고, 사는 게 다 그런 거라고 스스로를 위로했지만 밥벌이는 생각보다 고단하고 나는 늘 공허했다. 도쿄 여행이 끝나고 한국으로 돌아가면 나는 또 일터를 옮기기로 되어 있었는데, 언제까지 최선이 아닌 차악을 선택하며 움직여야 하는 걸까 생각하니 아득해졌다.

한참 후에 츠타야 서점 입구에서 다시 만난 동생은 아주 큼지막한 쇼핑백을 들고 있었다. 딱 보기에도 엄청 무거워 보였는데, 추리고 추려서 고른 게 그 정도라고 했다. 한국으로 짐을 따로 부쳐야 할지도 모르겠다는 동생의 말에 "오늘 남은 일정도 있는데 그걸 어떻게 들고 다니려고 그러냐"라고 삐딱하게 말해버리고

말았다.

　　다이칸야마에서 시부야로 돌아가는 택시 안에서도, 시부야의 한 초밥집에서도, 호텔에서도 동생의 묵직한 쇼핑백이 내내 신경 쓰였다. 여행이 끝나고 한국으로 돌아온 후 나는 언제 그랬냐는 듯 그날의 기분 따위 모두 잊고 바쁜 현생에 치여 살았다. 하지만 때때로 일과 놀이가 일치하는 삶을 살고 싶다는 소망이 불쑥불쑥 나를 덮쳐오곤 했다.

세 번째

나 자신과
정면으로
마주하기

더 이상
도망치지
않기로 했다

　오늘과 비슷한 하루가 내일 또 반복될 거라는 생각이 들 때면 나는 자주 아득해졌다. 이 실체 없는 아득함을 해결하려면 지금 내 인생의 문제가 무엇인지 꼭 알아야 했다.

　종종 해결의 실마리는 아주 일상적인 곳에서 발견되곤 한다. 당시 회사에서 AI 추천을 연구하며 깨달은 것이 하나 있다. 특정 인물에게 딱 맞는 콘텐츠를 추천하려면 그 사람의 과거 행적을 잘 파악해야 한다는 것이다. 유튜브나 인스타그램이 내 마음을 읽은 것처럼 나에게 딱 맞는 정보를 보여주는 건 그들이 점쟁이라서가 아니라 내 과거 이력을 철저히 분석해서 그렇다. 과거를 통해 미래의 마음을 예측하는 것, 그게 추천의 핵심이었다.

어느 날 문득 평소와 다름없이 출근해서 노트북 전원을 켜며 다짐했다. '내 삶의 궤적을 샅샅이 뜯어 나가보자.' 그럼 갈피가 잡히지 않는 현재도, 불확실한 미래도 조금은 또렷해질 것이라는 확신이 있었다.

그때부터 내 삶의 큰 사건들을 나열하기 시작했다. 그리고 자세히 오래오래 들여다보았다. 그러자 어떤 반복되는 특징 하나가 수면 위로 얼굴을 드러냈다. 그것은 나조차 인지하지 못했던 '회피 성향'이었다. 놀랍게도 나는 인생의 주요 순간마다 엉뚱한 곳으로 도망을 치고 있었다. 무려 10년 동안이나.

어렸을 때부터 나는 도피에 재능이 있었다. 진실을 마주하거나 중요한 결정을 내려야 하는 순간이 오면 자주 도망쳤다. 예를 들면, 시험이 끝난 후 다른 친구들이 채점에 열을 올릴 때 나는 교실 앞 칠판에 점수

가 붙을 때까지 결과 보기를 미뤘다. 다이어트의 시작
은 인바디측정이라지만 나는 바지가 조금 헐렁해지기
전까지는 인바디 기계를 피했고, 취업 면접을 다닐 때
는 합격 통보 메일을 늘 다음 날 열어봤으며, 중요한 사
람과 메신저로 이야기할 때는 읽지 않고 '1'을 그대로
남겨두는 경우가 많았다. 그때까지만 해도 나의 이런
행동들이 소심한 성격 탓이라고만 생각했다.

하지만 이 지독한 회피 성향은 내 인생의 중요한
순간마다 제 능력을 한껏 발휘했다. 나는 PD를 꽤 오랫
동안 꿈꿨는데, 다른 동기들이 모두 언론 고시를 준비
하던 대학교 4학년 때 갑자기 호주로 교환학생을 떠났

다. 모두들 나의 선택을 의아해했고, 누군가는 미쳤다고도 했다. 그렇게 1년간 호주 생활을 마치고 돌아와 PD 시험에 세 번 정도 응시했다. 그러다 돌연 IT 회사에서 인턴을 시작하면서 주변 사람들을 또 한 번 놀라게 했다. 그 후엔 물 흐르듯 정규직으로 전환되어 계속 서비스 기획자와 UX* 디자이너로 살았다. 그 후에도 정착하지 못하고 철새처럼 여기저기로 부서 이동을 했고, 단출하게 짐을 싸서 자주 먼 곳으로 떠났다.

왜 나는 결정적인 순간마다 엉뚱한 곳으로 도망을 치는 걸까? 벽에 붙여놓은 내 삶의 연대기를 쳐다보며 생각했다. 한참을 보고 나서야 깨달았다. 나는 나의 내면을 정면으로 응시할 용기가 없었던 것이다. PD처럼 남들이 봤을 때 멋있어 보이는 것 말고 내가 무엇을 진짜로 하고 싶은지, 나는 어떤 일에 재능이 있는지, 정말로 어떤 인생을 살고 싶은지에 대해 고민하는 것 자체

---

* 사용자 경험User Experience이라는 뜻으로 사용자가 어떤 시스템, 제품, 서비스를 직·간접적으로 이용하며 느끼고 생각하는 지각과 반응, 행동 등의 총체적 경험을 말함

를 미룬 것이다. 그 행위가 어려워서 계속 무엇인가를 하면서 바쁘게만 지냈다. 나름 열심히 잘 살고 있다고 자위했던 것 같기도 하다. 하지만 나는 결정적인 순간에 최선을 다하지 않음으로써 나를 지켰음을 인정해야 했다. 실패했을 때 받을 상처를 감당할 수 없어서 도전 자체를 아예 포기한 것이다.

'그래, 나는 사실 잘할 수 있었는데 도전하지 않은 것뿐이야. 열심히 하지 않았을 뿐이야.' 이렇게 못난 위로를 해온 것이다. 자존감이 낮다고 생각했는데, 사실은 스스로에 대한 기대치가 너무 높았던 거다. 내 마음 속 깊은 곳에 이런 진심이 있다는 걸 깨닫는 데까지는 오랜 시간이 걸렸다.

얼마 전 심리서에서 읽은 바로는 나를 지키기 위한 가장 대표적인 방어기제가 '회피'라고 한다. 눈앞에 닥친 복잡하고 어려운 문제를 그냥 외면해버리기는 얼마나 쉬운 일인가. 할 수만 있다면 계속 도망치면서 살고 싶다. 하지만 중요한 것을 외면하는 반복적인 회피는 오히려 내면의 결핍만 키울 뿐이다.

그래서 더 이상 도망치지 않기로 했다. 10년 넘게 도망을 쳤으면 이제는 이 굴레를 끊어낼 때도 되었다. 더는 "이게 아닌데…"를 외치며 내게 맞지 않는 옷을 입고 여행으로, 운동으로, 유흥으로 도망치면서 살지 않을 것이다. 살던 대로 살면서 전혀 다른 삶이 펼쳐지리라고 기대하지 않을 것이다.

지금의 나를 정면으로 마주하는 것, 여기서부터가 진짜 시작이다. 나라는 사람을 들여다보면서 이제라도 원하는 삶의 방향을 직접 그려가보기로 했다. 그동안 도망치느라 제대로 굴러가지 않던 내 인생의 시계가 이제야 똑딱대기 시작했음을 느낀다.

나와의 대화,
그거 어떻게 하는 건데?

　　최근에 본 영화 중 가장 좋았던 작품은 〈찬실이는 복도 많지〉였다. 영화 속 주인공 찬실은 한순간에 직업을 잃은 전직 영화 프로듀서다. 삶의 전부라고 생각했던 영화를 잃어버린 그는 방황을 하는데, 어느 날 전지적 능력을 가진 존재를 만나 대화를 하게 된다.

　　"제가 다시 영화를 할 수 있을 것 같아요?"
　　"지금 그 문제가 아닌 것 같은데…."
　　"그럼 뭐가 문제예요?"
　　"자기가 정말 원하는 게 뭔지 모르는 게 문제죠."

자기가 정말 원하는 게 뭔지 정확하게 아는 사람이 얼마나 될까? 대부분의 사람들은 눈앞에 밀려오는 크고 작은 인생의 파도를 넘기 바빠서 내가 정말 원하는 것을 진지하게 생각할 여유가 없다. 영화 속에서 마흔 살로 등장하는 찬실도 그제야 자기가 진짜 원하는 게 뭔지 고민하기 시작한다.

　　뒤늦게 지독한 사춘기를 겪으면서 내게도 그런 시기가 찾아왔다. 나도 이제는 내가 진짜 원하는 걸 찾아야겠다고 생각했다. 그 답을 찾기 위해서는 무엇보다 나 자신과 진지하게 대화를 나눠야 했다.

　　'근데 나와의 대화, 그거 도대체 어떻게 하는 건데?'

　　나와 대화를 한다? 듣기만 해도 너무 추상적이고 뜬구름 잡는 느낌이라 시작하기도 전에 질리는 기분이었다. 내가 첫 단계부터 헤매고 있으니 백수 선배인 동생은 일단 무엇을 할 때 순수하게 기쁜지 들여다보라고 조언했다. 뭐든지 '좋아하는 마음'이 시작이고, 무엇

나와의 대화, 도대체 어떻게 하는 건데?

을 할 때 설레고 의욕이 샘솟는지를 확인해보라고 했다. 그런데 그 말을 들으니 오히려 더 막막했다. 좋아하고 설레는 감정은 이미 나와 너무 멀어졌다는 생각이 들어서였다. 전공이나 취미와 관련된 몇 가지가 떠오르긴 했지만, 과연 그걸 좋아하는 거라고 말할 수 있을까? 마음에 크게 와닿지 않았다.

그래서 여러 가지를 시도해보기로 했다. 나를 알기 위해 내면을 들여다보는 게 아니라 외부에서 단서를 찾는 게 바보처럼 느껴지긴 했지만, 원래 가까이 있는 건 잘 보이지 않는 법이니까, 스스로를 다독이면서 '나도 모르는 나'를 알기 위해 여러 가지를 시도해보았다.

기질 및 성격검사

처음으로 한 건 성격검사였다. 내가 종종 다니던 한 심리상담센터에서 기질 및 성격검사TCI:Temperament and Character Inventory를 받았다. TCI는 개인이 유전적으로 타고난 기질과 후천적으로 형성된 성격을 측정하는 검사다. 일단 나의 타고난 기질과 성격을 알아야 나에 대해 더 깊이 있게 들여다볼 수 있을 것 같아서 약간의 부담스러운 금액을 감수하고 검사를 받았다.

> • **기질** : 유전적으로 타고난 개인의 천성이며, 일생 비교적 안정적인 속성을 보임
> • **성격** : 타고난 기질을 바탕으로 하여 환경과의 상호작용으로 후천적으로 형성된 자기 개념

나의 기질 유형의 장단점은 마치 동전의 양면과 같았다. 요약하면 다음과 같다.

• **장점** : 풍부한 감수성과 순발력을 지닌, 열정적이고 자유분방한 사람. 상황 변화에 따른 감정 변화의 폭이 큰 편이며, 자신의 감정을 강하게 표현하기 때문에 정열적인 느낌을 줌
• **단점** : 강렬한 감정을 여과 없이 표현하며, 대개 애정과 분노가 뒤섞인 관계를 맺는 편. 즉흥적인 충동에 이끌려 행동하는 면이 있고, 성급한 행동을 보일 수 있음

전체 결과를 관통하는 단어는 '감정', '감수성', '표현', '열정', '자유' 등이었다. 또한 성격 유형 결과에서 "인생은 힘든 세상과의 고달픈 싸움이라고 생각하는 경향이 있음"이라거나, "우울감이나 무력감을 잘 느낌"과 같은 결과도 눈에 띄었는데, 이 또한 나의 예민한 감수성과 무관하지 않다는 걸 알 수 있었다. 나는 좋게 말하면 감수성이 풍부한 사람이고, 나쁘게 말하면 감정의 기복이 심하고 예민한 사람이었다.

그동안 사회생활을 하면서 왜 그렇게 유난히 힘이 들었는지, 다른 사람들의 말이나 행동에 왜 그렇게

불편함을 느꼈는지, 감정을 쉽게 흘려보내는 사람들을 부러워한 이유를 조금은 알 것 같았다. 나의 성격이나 기질에 대해 알고는 있었지만 이런 검사를 통해 결과를 받아보니 새삼스러웠다.

이런 성향을 고쳐야 하는 건 아닐까 하는 생각도 들었다. 하지만 어느 날 유튜브 알고리즘이 우연히 추천한 작사가 김이나 님의 토크 콘서트 영상을 보고 생각을 고쳐먹었다. 김이나 님은 "내가 남들의 기준에 맞춰 깎아내려고 하는 면은 대부분 나의 어떤 면이 남들보다 과잉되어 있다는 것이고, 실은 이건 깎아내야 할 문제가 아니라 나의 재능과 연결될 수 있다"라고 말했다.

어쩐지 조금 위로받는 기분이었다. 그렇다면 나의 풍부한 감수성이나 예민함 같은 것도 어쩌면 나의 '재능'으로 발현할 수 있지 않을까. 물론 지나친 감정 기복으로 주변 사람들에게 폐를 끼치지 않는 선에서 말이다.

좋아하는 것과 잘하는 것 파악하기

인간은 자신이 경험한 흔적의 집합체다. 현재 내가 길을 잃었다면 과거를 짚어봄으로써, 앞으로 나아갈 힌트를 얻을 수 있다. 그래서 나는 인생의 굵직한 사건들을 모아 연대기를 정리해보았다.

여기서 집중한 것은 딱 두 가지였다. 내가 흥미를 느꼈던 것과 실제로 잘했던 것이 무엇인지를 알아보는 것이다. 기억력이 좋지 못한 탓에 나의 흔적을 수집할 수 있는 것이라면 뭐든지 총동원했다. 싸이월드와 페이스북을 뒤졌고, 대학교 홈페이지에 접속해서 학기 성적표를 모두 인쇄했다. 회사에서 했던 굵직한 프로젝트를 확인하는 것도 잊지 않았다.

인생을 처음부터 다시 시작하는 마음이었기 때문에 사소한 것이라도 우선 목록화했다. '흥미를 느꼈던 것'은 내가 순수한 열정을 가지고 시간을 할애했던 일을 기준으로 적었고, '잘했던 것'은 실제적인 성과나 주변의 좋은 평가가 있었던 것으로 나열했다.

흥미를 느꼈던 것

① 영상 제작 : 학부 시절 방송국 활동을 하면서 방송 프로그램을 만드는 것을 좋아했다. 전공 과목으로 방송 제작 수업을 들으면서 예능이나 다큐멘터리를 제작하는 일을 즐겼다.

② 영화/방송 콘텐츠 감상 : 영화나 방송 프로그램을 보고 주변 사람들과 감상을 나누는 걸 유난히 좋아한다.

③ 음악 : 한때 댄스 동아리에 가입한 적이 있다. 비록 1년을 채 못 하고 관뒀지만, 굉장히 즐거웠던 기억으로 남아 있다. 페스티벌, 파티 등 음악이 있는 곳이라면 어디든 갔다. 뮤직 페스티벌에서 미디어 스태프를 한 경험도 있다. 디제잉을 배우고 클럽에서 플레이를 하고 믹스셋mixset을 만들기도 했다.

④ 영어 : 다양한 국가의 친구들과 소통할 수 있는 게 좋아서 꽤 열심히 공부했다.

잘했던 것

① 글쓰기 : 학창 시절에 책을 안 읽고도 그럴듯하게 독후감을 써서 상을 여러 번 받은 적이 있다. 논술/국어 선생님께 글을 잘 쓴다고 칭찬받기도 했고, 친구들이 내 작문이나 편지를 보고 운 적도 있다. 논리적인 글보다 감성적인 글을 잘 쓰는 편이고, 대학교 때 저널리즘 글쓰기 등 글쓰기 수업 성적이 제일 좋았다. 한때 잠깐 인터뷰 글을 올리는 일을 하기도 했다.

② 영상 제작 : 교내 영상제를 개최했고, 다큐멘터리를 제작하여 외부 영상제에서 수상한 경력이 있다. 한 케이블 채널 방송국에서 대학생 미디어 그룹을 하면서 꽤 성공적인 바이럴 마케팅 영상을 만들었다.

③ 기획/보고 문서 제작 : 회사에서 기획/보고 문서를 잘 쓴다는 평가를 받았다.

정리해보니 좋아하면서 동시에 잘하는 일은 '영상 제작'이었다. 이렇게만 보면 당장 영상 제작을 해야 할 것 같은데, 잘하는 것과 좋아하는 것의 인과관계가 명확하지 않다는 생각이 들었다. 잘해서 좋아진 것일 수도 있고, 좋아해서 잘하게 된 것일 수도 있다. 그래서 목록화한 항목들을 좀 더 자세히 들여다봐야 할 필요가 있었다.

우선 영상 제작은 당시 신문방송학이 전공이었기 때문에 내가 해야 하는 일의 범주에 들어 있었다. 진지한 자기 성찰 이후에 실행한 것이라기보다 PD가 되기 위해서라면 당연히 해야 하는 커리큘럼이기도 했다. 많은 시간을 투자하니 성과가 있었고, 그러니 자연히 재미도 붙었던 것 같다.

하지만 사람은 변하고, 지금 나에게 PD가 되고 싶냐고 묻는다면 아니라고 대답할 수 있었다. PD는 좋은 기획 못지않게 많은 사람을 잘 이끄는 능력이 있어야 하는데, 회사 생활을 해보니 나는 그런 자질이 부족하다는 걸 알게 됐다.

영어는 더 뜬구름처럼 느껴졌다. 좋아했지만 매일 즐기면서 할 정도는 아니었고, 유창한 것은 더더욱 아니었다. 그러니 영어와 관련한 일은 고려 대상에서 아예 제외했다. 그 외의 것들을 가만히 보고 있자니 한 가지 공통점을 찾을 수 있었다. 글쓰기와 영상 제작, 믹스셋 제작(음악), 기획/보고 문서 제작 등 나는 막연히 무언가를 창작하는 걸 좋아하는 사람이었다. 하지만 이걸로는 부족했다. 나의 특성들을 좀 더 뾰족하게 다듬어서 나에 대해 알아갈 필요가 있었다.

나다운 게
도대체 뭐데?

'나다움'을 한 줄로 정의해보기

새로운 진로 모색이 필요하다고 판단한 시점부터 진로에 관한 책들을 찾아 읽었다. 그때 알게 된 책이 《어제보다 더 나답게 일하고 싶다》였다. 이 책의 저자는 성향 분석 전문가이자 미국 갤럽 인증 강점 코치다. 이 책은 나답게 일하고 싶은 사람들에게 어떻게 하면 '나─일─회사의 적합성'을 높이는지를 알려준다. 또 그 방법인 9단계 커리어 설계법을 통해 차근차근 자신의 성향과 핵심 역량을 파악하도록 도와준다.

개인적으로 이 책이 나를 이해하는 데 실질적인 도움을 가장 많이 줬다. 구체적인 액션 아이템을 제시함으로써 스스로를 알아가도록 도와주었기 때문이다. 저자는 나만의 성향을 파악할 때, 어떤 특정한 행동보다 뒤에서 작용하는 동기와 가치관을 파악하는 것이 중요하다고 이야기한다. 결국 무엇what이 아닌, 내가 무엇을 하는 방식how과 그 이유why에 집중해야 내 성향에 대한 힌트를 발견할 수 있다는 것이다.

또 내가 좋아하는 분야나 영역 자체로 성향이나 진로를 결정하지 말고, 왜 그것을 좋아하는지, 그리고 내가 좋아하는 것들의 본질적인 공통점은 무엇인지를 탐색하는 것이 중요하다고 이야기한다.

이를 바탕으로 나는 커리어 설계법 5단계인 '나의 핵심 역량 찾기'를 진행해보았다. 그동안 내가 경험한 경험(이력)을 모두 나열하고, 각 경험에 나의 일상적 욕구를 대입하여, 그것을 통해 체득할 수 있었던 노하우를 살펴보는 일이다. 여기서 노하우는 특정 스킬이 아니라 본질적인 의미를 정의하는 것이 핵심이다. 그리고

나의 핵심 역량 찾기

경험(이력)	경험을 통해 얻은 노하우	일상적 욕구(즐거움)
신문방송학 전공 (미디어& 커뮤니케이션)	· 이야기하고자 하는 바를 명확하게 표현하고 효과적으로 전달하는 능력	· 명료하게 내 생각을 전달하는 즐거움 · 완성된 콘텐츠를 얻는 즐거움
교내 방송국 활동	· 어떤 아이템을 발견하여 완성된 콘텐츠가 되도록 구성하는 능력 · 내용을 일목요연하게 구성하고 주제를 표현하는 능력 · 다른 사람과 협업하는 능력	· 명료하게 내 생각을 전달하는 즐거움 · 완성된 컨텐츠를 얻는 즐거움
케이블TV 마케팅 영상 제작 (대학생 미디어 그룹 활동)	· 사람들의 이목을 끌거나 공감을 사는 능력 · 창의적으로 표현하는 능력	· 창의적으로 표현하는 즐거움 · 사람들의 반응을 얻는 즐거움
다큐멘터리 제작	· 정보를 수집하거나 취재하고 내용을 재구성하여 주제 의식을 효과적으로 표현하고 전달하는 능력 · 다른 사람과 협업하는 능력	· 명료하게 내 생각을 전달하는 즐거움 · 완성된 콘텐츠를 얻는 즐거움 · 사람들의 반응을 얻는 즐거움

서비스 기획 업무	• 내가 말하고자 하는 바를 일목요연하게 정리하여 전달 하는 능력 • 상대방을 설득하는 능력	• 명료하게 내 생각을 전달하고 상대를 설득하는 즐거움
뮤직 페스티벌 미디어 스태프	• 창의적으로 표현하는 능력 • 미적인 것을 고려하는 능력 • 사람들의 이목을 끌거나 공감을 사는 능력	• 창의적으로 표현하는 즐거움 • 완성된 콘텐츠를 얻는 즐거움 • 사람들의 반응을 얻는 즐거움
디제잉	• 하나의 결과물을 구성하는 능력 • 나의 개성을 드러내거나 표현하는 능력	• 나를 드러내는 즐거움 • 완성된 콘텐츠를 얻는 즐거움 • 사람들의 반응을 얻는 즐거움

경험을 통해 얻은 노하우의 공통점이 바로 나의 핵심 역량이 되는 것이다. 그동안 내가 했던 일을 꼼꼼하게 적어보니 나의 핵심 역량이 어렴풋하게 보였다.

내 생각이나 특정 주제를 일목요연하게 구성하여 표현 하거나 전달하는 능력

이것이 나의 핵심 역량이었다. 그동안 나는 내가 말하고자 하는 바를 표현하는 수단으로 영상과 글, 음악을 선택했던 것이다. 그리고 나를 움직이게 하는 주요 기제는 사람들의 반응이었다. 나의 결과물을 통해 누군가를 설득하거나 사람들이 이해와 공감을 표시해주는 것을 연료 삼아 이제껏 다양한 활동을 해올 수 있었다.

결국은 이 모든 행위가 나를 드러내고 싶어서는 아니었을까 생각해본다. 남들 앞에 얼굴을 보이고 나서고 싶다는 말이 아니라 어떤 결과물에 내 개성을 발휘함으로써 나를 드러내고 싶었던 것 같다. 돌이켜보면 창의성을 발휘할 수 없는 일이나 답이 정해져 있는 업무에는 전혀 흥미를 느끼지 못하기도 했다.

왜 그동안 경험으로만 나를 설명하고 이해하려고 했을까. 나의 이력이 나를 온전하게 설명해주지는 못한다. 중요한 건 행위에 숨은 나의 동기와 가치관을 파악하는 것이고, 또 그걸 알면 할 수 있는 일의 범위가 무궁무진하게 넓어질 수 있다는 것을 이번 시도를 통해 깨달을 수 있었다. 나의 성향이 좀 더 선명해지는 느낌이었다.

'남들이 보는 나'를 알기

MBTI에 대한 피로도가 쌓인 사람은 이해할 수 있을 것이다. MBTI 4개의 문자열 조합만으로 한 사람을 완전히 설명할 수 없다는 것을 말이다. 사람은 입체적인 존재이기 때문에 누가 어느 관점에서 어떻게 바라보느냐에 따라 굉장히 다양한 정체성을 지니게 된다. 그리고 생각해보면 MBTI도 결국 스스로 생각해서 답하는 것이므로 '내가 바라보는 나'에 지나지 않는다.

내가 생각하는 나는 조용하고 내향적인 사람이다. 사람들과 함께할 때 에너지를 많이 쓰고, 혼자 조용히 내 방 침대에 누워 있을 때 비로소 편안함을 느낀다. 하지만 몇몇 친구들에게 나의 MBTI가 내향형인 I로 시작한다고 말하면 다들 휘둥그레진 눈으로 믿지 못한다. 취미가 독서라고 밝힐 때도 이런 반응부터 나온다.

"무슨 소리야. 너 친구들이랑 음악 들으러 다니는 걸 좋아하는 거 아니었어?"

물론 내가 생각하는 나의 모습 그대로 나를 바라보는 친구들도 있다. 그렇다면 진짜 내 모습은 뭘까? 나와의 대화를 하는 과정에서 문득 남들이 보는 나는 어떤 사람일까 궁금해졌다. 그리고 그것이 '내가 생각하는 나' 못지않게 나를 발견하는 데 중요한 힌트가 될 수 있겠다고 생각했다.

그래서 친한 친구들이 있는 메신저 단체 대화방에 나를 생각하면 떠오르는 이미지의 단어들을 자유롭게 던져달라고 부탁했다. 고맙게도 스무 명 남짓의 친구들에게서 답을 받았다. 단어들을 취합해보니 신기하게도 몇 가지 특정 카테고리로 묶을 수 있었다. 요약하면 '강단 있지만 따뜻한 마음을 가진 사색과 예술을 좋아하는 사람' 정도 되려나….

> - 자기주장 : 강단, 직진, 솔직함, 뚜렷함, 뚝심
>
> - 예술 : 예술적, 음악, 재능, 홍대, DJ, 페스티벌
>
> - 타인을 위하는 마음 : 포용력, 배려심, 다정함
>
> - 지적 탐구 : 사색, 탐구, 책, 똑똑, 연구
>
> - 단호하며 비판적인 태도 : 쿨함, 단호, 정색, 시크, 회초리,
>   차가움

더불어 의외의 포인트들도 있었다. 누군가에게 나는 배려심 많은 따뜻한 사람이지만, 누군가에게는 거침없이 말로 회초리를 때리는 단호한 사람이었다. 또 누군가에게 나는 음악과 페스티벌을 좋아하며 바깥을 향해 에너지를 마구 발산하고 다니는 사람이지만, 다른 누군가에게는 독서와 사색을 즐기며 안으로 조용히 에너지를 채우는 사람이었다.

'아, 남들이 보는 나는 이렇구나.' 나에 대한 이미지 조사라는 게 유치하고 낯부끄러웠지만, 한 번쯤은 시도해볼 만한 의미 있는 경험이었다. 사람은 단 4개의 문자열로도, 한 사람의 시선으로도 정의될 수 없는 복

잡하고 다면적인 존재임을 다시 한번 깨달았다. 또 그런 시선의 조각들이 모여 나라는 사람이 된다는 것도 알 수 있었다.

나와의 대화,
그 대책 없는 결론

"여러 날에 걸친 나와의 대화를 통해 당장 해야 할 일이 눈앞에 보였고, 미래의 모습이 청사진처럼 그려졌다"라고 말할 수 있으면 참 좋았겠지만…. 안타깝게도 그런 기적은 일어나지 않았다. 하지만 그동안 사는 게 바쁘다는 핑계로 애써 외면해온 내 마음의 소리를 조금은 들을 수 있었다. 그동안 시도한 것들의 결과를 살펴보았을 때 나라는 사람은,

1. 감수성이 풍부하고 예민하며
2. 창작 계통의 일을 할 때 기쁨을 느끼고

3. 내 생각을 일목요연하게 구성하여 표현하는 능력
   이 핵심 역량이며

4. 남들이 볼 때 강단 있지만 따뜻한 마음을 가졌고,
   사색과 예술을 좋아한다.

그런 나는… 아무래도 글을 쓰는 게 좋겠다는 생각이 들었다! 누군가는 "갑자기?"라고 말할 것이고, 또 누군가는 "얻은 결론이 고작 그거야?"라고 할 수도 있다. 어쩌면 글을 쓰는 결론에 끼워 맞춘다고 할지도 모르겠다. 하지만 몇 가지 시도를 통해 내가 알게 된 건, 지금까지 내가 한 모든 표현의 기초가 글이었다는 점이다.

학교에서 교내 방송 프로그램을 제작할 때도, 취재 기사를 쓸 때도, 시사 다큐멘터리를 제작할 때도, 심지어 바이럴 영상을 제작할 때도 나는 전달하고 싶은 메시지가 분명했고, 그 시작은 항상 글이었다. 회사에서도 프로젝트를 끝까지 꼼꼼히 완수해내는 능력보다 내가 기획한 내용을 잘 다듬어서 효과적으로 전달하는

기획/보고 문서 작성에 더 재능이 있었다. 그 모든 것의 시작이 글이라면, 멀리 갈 것 없이 우선 그냥 써야겠다고 결론을 내렸다.

내가 가진 성향도 글쓰기에 도움이 되는 것들이 많았다. 풍부한 감수성과 예민함은 남들이 무심코 지나치는 문제나 감정을 한 번 더 들여다보게 했고, 자기주장이 강하고 매사에 비판적인 태도는 글감을 찾고 글의 주제를 확실하게 드러내는 데 더없이 좋은 역량이었다. 또 어딘가에 얽매이지 않고 자유롭게 할 수 있는 행위에 글쓰기만큼 딱 맞는 것도 없었다. 언제 어디서든 할 수 있었고, 준비물도 종이와 펜만 있으면 끝이었다.

게다가 글을 쓸 때면 덜 외로워서 좋았다. 태초부터 나는 누군가에게 완전히 이해받고 싶다는 다소 사춘기스럽고 허세로운 욕망이 있었다. 그래서 '나도 나를 이해 못 하는데 누가 날 이해해줄까'라는 생각을 자주 하면서 살았는데, 글을 쓸 때면 복잡한 생각과 감정이 정리되면서 스스로를 이해할 수 있어 좋았다.

　살면서 힘든 날, 그런데 그 이유를 알 수 없는 날, 일기를 쓰면서 감정을 자세히 들여다보면 이유가 보였고, 앞으로 어떻게 해야 할지도 알 수 있었다. 공개된 글쓰기를 할 때는 설득력 있는 글이 나왔을 때 뿌듯했고, 그 글을 보고 공감해주는 사람이 있으면 누군가와 연결되어 있다는 느낌이 들어서 좋았다. 대화를 통해서 남들에게 나를 완전히 이해시키기는 어려워도, 글로는 가능할 것 같았다.

　물론 이러한 이유만으로 당장 글로 벌어먹고 살겠다는 뜻은 아니다. 설령 내가 그런 마음을 먹었다 해도 그게 당장 현실적으로 가능할 리 없다. 다만 그동안 나의 마음을 확실히 사로잡는 게 별로 없었는데, 오랜만에 진심으로 해보고 싶고, 해야겠다고 마음먹은 게 생겨서 기뻤다. 그것이 단순한 호기심이나 흥미가 아니라 내 인생의 궤적에서 건져 올린 결과라서 더 좋았다. 그것만으로도 가슴이 뛰었다.

우연인 듯
필연인 듯
백수가 되다

　　세상의 어떤 일은 우연을 가장한 필연으로 온다. 내가 백수가 된 일도 그랬다. 사회생활 6년 차, 나는 우울증을 앓고 있었다. 특별한 일은 아니었다. 담당 의사 선생님은 요즘 젊은 사람들에게 경도 우울증은 매우 흔한 질환이라 하셨고, 동네 정신건강의학과는 대기 좌석에 앉을 수 없을 정도로 사람들로 항상 붐볐으니까. 그만큼 마음이 아픈 사람이 많았다.

　　당시 나는 20년을 함께한 반려동물이 무지개다리를 건넜고, 연애가 마음대로 되지 않았고, 과중한 업무와 미래에 대한 고민으로 매일 골머리를 앓았다. 그것들이 내게 너무 무거웠던 탓인지 정신 건강이 무너짐과 동시에 신체 건강도 안 좋아지면서 정상적인 회사 생활이 힘든 지경에 이르렀다.

　이상하게 들리겠지만, 내심 기뻤다. 드디어 퇴사 타이밍이 왔다고 생각했다. 퇴사를 할 마땅한 명분도 용기도 없던 차에 좋은 구실이 생겼다고 생각했다. 건강을 잃었다는 건, 그 누구도 반박하기 어려운 퇴사의 절대 명분 아니던가.

　결심이 선 후 지인들에게 퇴사 계획을 털어놓았다. 그런데 이야기를 들은 사람들이 모두 하나같이 퇴사가 아닌 휴직을 권했다. 퇴사는 휴직 기간이 끝난 이후에 결정해도 늦지 않다는 이유였다. 아무리 생각해도 휴직은 돌아올 곳을 정해놓는 일종의 배수진 치기 같아서 썩 내키지 않았지만, 반드시 퇴사만 고집해야 할 마땅한 이유를 찾지 못했다. 그렇게 의사 소견서를 바탕으로 7개월간의 휴직계를 냈다.

　"우선 회복에만 집중하시고, 건강한 모습으로 다

시 봬요."

좋은 사람들이 가득한 회사였다. 휴직 처리는 이상할 정도로 매끄럽고 신속하게 이루어졌다. 조용히 정든 회사에 작별 인사를 건넸다. 당시 나는 복귀할 생각이 없었기 때문에, 내겐 사실상 퇴사나 다름없었다. 나를 찾으려고 미약하게나마 꿈틀대던 그때, 그렇게 우연인 듯 필연인 듯 휴직의 기회를 만났다.

살다 보면 일어날 일은 어떻게든 일어난다. 인생에서 한 번은 자신에 대해 고민하고 도전하고 시험해

보고 싶은 열망이 결국엔 조금 건강하지 못한 방식으로 내게 멈추어갈 기회를 주었다고 믿는다.

어쨌든 한 번은 멈추어야 했다. 자동차도 대체로 1만 킬로미터 정도를 달리면 점검을 받고 낡은 부품을 새것으로 교체한다. 하물며 자동차보다 훨씬 복잡하고 예민한 물질로 이루어진 인간이 계속 달리기만 하면서 살 수는 없다. 가끔은 멈춰서 내가 옳은 방향으로 가는 것이 맞는지, 어디 탈이 난 곳은 없는지 살펴보아야 한다. 그렇게 내 인생 처음으로 돈은 없고 시간은 남아도는 백수 생활이 시작되었다.

네 번째

백수, 그리고
변화의 시작

자기만의 방을 위한
눈물겨운
이사의 기억

이 집은 차원이 달랐다. 부동산 중개인을 따라 현관에 들어서자마자 좋다는 말이 절로 나왔다. 집이 마음에 들어도 성급하게 좋은 티를 안 내려고 했는데, 본능적으로 반응하고 말았다. 깔끔한 신축 건물에 탁 트인 전망, 따뜻한 햇볕, 아담한 거실, 그리고 꽤 넓은 방 2개까지, 우리가 꿈꾸던 그대로였다. 그야말로 완벽했다.

2019년 겨울, 동생과 나는 일명 '따로 또 같이' 작전으로 서울 시내의 전세 매물을 무려 100개 넘게 둘러보았다. 한창 우울감과 무기력증에 시달리고 있을 때였는데, 어디서 그런 집념이 타올랐는지 모를 일이다. 집을 얼마나 많이 보고 다녔던지, 각기 다른 부동산에서 똑같은 집을 세 번이나 보여준 적도 있다. 매일 중개인이 이끄는 대로 차 뒷좌석에 짐짝처럼 실려 다니다 보니 동네의 거리나 건물 외관만으로 다녀온 곳과 아닌 곳을 구분하기가 여간 쉽지 않았다.

동생과 내가 원하는 집의 조건은 거창한 것이 아니었다. 나는 크기가 작아도 채광이 좋은 방을 원했고, 동생은 어둡더라도 큰 방을 원했다. 그리고 서로 모여 앉아 이야기를 나눌 수 있는 아담한 거실, 그 정도만 있으면 충분했다.

그런데 우리는 미처 몰랐다. 대부분의 투룸은 신혼부부용으로 나오기 때문에, 침실로 쓰이는 큰 방이 채광도 좋다는 것을 말이다. 그래서 투룸에서 방을 나눠 쓸 경우, 한 명은 어쩔 수 없이 어둡고 작은 방을 써야 하는 비극을 맞는 것이 투룸 생태계의 순리였다. 우리 둘 중 누구도 그런 비극을 맞는 것을 원치 않았다. 그래서 우리는 어떻게든 두 방의 조건 차이가 심하지

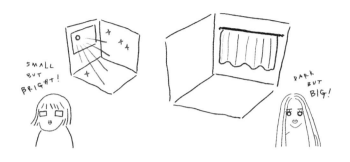

않은 매물을 구하기 위해, 거의 바닥까지 소진된 에너지를 있는 힘껏 끌어모으고 있었다.

그렇게 애쓰는 것도 지쳐 포기하고 싶을 때 즈음, 완벽한 집을 만나게 된 것이다. 어제 막 나온 매물이라고 했다. 이 집의 가격 대비 컨디션을 고려해보았을 때, 만약 우리가 계약하지 않는다면 오늘 안에 다른 사람이 바로 채갈 것이라는 게 분명했다.

부모님으로부터 독립해 동생과 함께 산 이후, 우리는 한 번도 '자기만의 방'을 가져본 적이 없었다. 독립하고 첫 집은 좁은 원룸 오피스텔이었다. 지금 생각하면 한 사람이 살아도 좁은 공간에서 어떻게 둘이 부대끼며 살았을까 싶다. 참 대단한 우애였다.

그 후 돈을 좀 더 모아 1.5룸 오피스텔로 옮겼지만, 역시 완벽한 공간 분리는 어려웠다. 아무리 자매가 볼 꼴 못 볼 꼴 다 본 사이라 해도 타인과 같은 공간을 24시간 공유한다는 것은 쉽지 않았다. 게다가 나는 미술 작업을 하는 동생에게 늘 책상을 양보했기 때문에 나만의 공간에서 제대로 된 무언가를 해본 기억이 까마득했다.

하지만 내가 진정한 나로서 살아가려고 마음먹은 순간부터 나만의 공간이 절실해졌다. 어떤 간섭이나 방해 없이 진지하게 나의 삶에 대해 사유할 수 있는 공간, 사부작사부작 무언가 끄적일 수 있는 공간이 간절했다. 그즈음 동생도 프리랜서로 자리를 잡은 상태였기 때문에, 혼자 작업할 수 있는 독립된 공간이 필요했다.

신기하게도 완벽한 그 집은 우리의 이러한 조건을 모두 충족했다. 내 방은 작지만 남향이고, 동생 방은 크지만 동향이었다. 작은 방이라고 해도 다른 전세 매물의 큰 방 정도는 되었고, 큰 창이 여러 개 있는 데다가 높은 층이라 남향, 동향 구분 없이 전체적으로 밝았다. 방도 각자 침대와 책상을 들여놓을 수 있을 정도로 충분한 크기였다. 그런 집을 두고 고민하는 건 시간 낭비일 뿐이었다. 그렇게 우리는 꽃피는 봄, 마침내 꿈꾸던 집으로 이사를 하게 됐다.

대학 졸업 이후 처음으로 나만의 방과 책상을 가져보니 알겠다. 누구에게나 자기만의 방은 필요하다. 버지니아 울프도 여성이 소설을 쓰려면(자신의 삶을 살려면) '돈'과 '자기만의 방'이 필요하다고 하지 않았던가. 나만의 방이 생기니 그 말이 무슨 뜻인지 조금은 알 것 같다. 자기만의 방이라는 물질적인 공간과 그 공간 속에서 이루어지는 나만의 사유가 모두 필요하다는 것을 말이다.

내 방과 책상이 따로 없었을 때를 생각해본다. 퇴근하자마자 소파나 침대에 드러누워 휴대폰으로 유튜브나 인스타그램의 쓸데없는 정보들을 보며 몇 시간을 보냈다. 돌이켜보면 나만의 물리적인 공간도, 무엇인가를 더 생각할 마음의 공간도 없었다.

하지만 요즘 여유로운 마음으로 오롯하게 나만의 공간인 내 방 책상에 앉아 있으니 유튜브나 인스타그램 말고도 몰입해서 할 수 있는 일이 너무 많다는 것을 깨닫는다. 호흡이 긴 책도 읽고, 영화도 보고, 글도 쓰고, 글을 쓰면서 나와 대화도 하고, 좋은 음악도 찾는다. 신기하게도 계속 무언가를 하면서 나에 대해 더 잘 알아가고 있다. 나만의 방을 가지게 되고, 서른이 넘어서야 비로소 시간을 충만하게 보내는 법을 알게 되었다.

동생과 나는 〈구해줘 홈즈〉라는 TV 프로그램을 즐겨 본다. 우리와 비슷한 조건으로 서울에서 집을 찾는 의뢰인이 나오면 유난히 더 집중해서 보는데, 프로그램에서 소개해주는 집들보다 우리 집이 더 좋은 것 같다고 느낄 때 얼마나 뿌듯한지 모른다. 그때마다 우리는 서로의 등을 토닥여주며 "아, 우리 집이 최고다!"
라고 말한다.

　마땅한 집을 구하는 게 너무 힘들어서 이제 그만
봐야겠다고 포기한 순간에 최고의 집을 만났다. 모든
기회는 간발의 차로 포기의 순간 바로 다음에 오는 게
아닌가 싶다. 그러니 정말 원하는 것이 있다면 이제 포
기해도 괜찮겠다는 생각이 들 때까지 노력해야 한다.
그러면 다음 순간에 거짓말처럼 기회가 올 수도 있다.

　인생도 집을 고르는 과정과 크게 다르지 않다. 선
택의 연속, 즉 우선순위를 재배열하는 과정이다. 현재
나에게 가장 필요한 것과 원하는 것의 우선순위를 항
상 점검하고 확인할 필요가 있다. 그래야 내가 원하는
것들이 명확해지고, 행복해지는 법도 알 수 있다. 우선
순위를 계속 점검하다 보면 언젠가는 내게 딱 맞는 인
생도 찾을 수 있을 것이다. 나는 그것을 이번 이사를 통
해서 확실히 배웠다.

　내 방의 작은 창문으로 고개를 내밀고 반짝반짝한
동네의 야경을 둘러본다. 늦은 밤, 잔잔한 음악을 틀어

놓고 얼굴에 닿는 찬 공기와 함께 밤하늘을 올려다보고 있으면 이 집으로 이사하길 정말 잘했다는 생각이 든다. 물론 매달 내야 하는 묵직한 대출 이자는 두렵지만, 그 때문에 오히려 더 열심히 살아야겠다는 생각이 든다.

자기만의 방을 갖는 것, 이것이 내가 백수가 되고 나서 가장 먼저 한 일이다.

어떤 백수는
토요일에
740번 버스를 탄다

흑백영화 같던 인생이 갑자기 컬러로 바뀌는 순간이 있다. 세상을 향한 모든 감각이 또렷해지고, 마음이 말랑해지면서 살아 있다고 느끼는 그런 순간들. 백수가 된 후, 아주 오랜만에 그런 시간을 만났다. 신촌에서 글쓰기 수업이 끝나고 740번 버스를 타고 집으로 돌아오는 시간이 그랬다. 누군가에게는 너무 평범해서 기억조차 남지 않을 귀갓길이겠지만, 내겐 정말 특별한 시간이었다.

백수가 된 후 가장 먼저 이사를 했고, 이사를 하고 한 달간은 아무것도 하지 않고 요가를 하면서 몸과 마음을 회복하는 데 집중했다. 그렇게 정말 아무 생각 없이 몸을 챙기면서 푹 쉬고 나니 신기하게도 뭔가를 하고 싶다는 의욕이 저절로 샘솟았다. 우선 나의 이야기를 하고 싶었다. 평생 모범생으로 살아온 사람답게 '에세이 쓰기'를 배울 수 있는 학원을 등록했다. 학원부터 찾다니… 정말 모범생다운 선택이 아닐 수 없었다.

그렇게 매주 토요일 오전에 좋아하는 작가님이 진행하는 에세이 쓰기 수업을 듣게 되었다. 토요일 오전 수업이라니, 얼마 전까지만 해도 상상도 못 한 일이었다. 직장인일 때 나는 이태원이나 홍대 어딘가에서 불금을 보내고 토요일 오후까지 퍼질러 자기 바빴고, 기껏 '이번 주말에는 뭘 해야지' 다짐을 해놓고도 침대를 벗어나지 못하는 경우가 많았다.

하지만 에세이 쓰기 수업을 듣고 달라졌다. 이른 아침 졸린 눈을 비비고 일어나 지하철에 천근만근 무거운 몸을 실었다. 한동안 무기력증을 앓던 내가 이렇게까지 의욕적일 수 있다는 게 신기할 노릇이었다. 설레는 일에는 자연스럽게 몸이 부지런해지는구나 싶었다.

에세이 쓰기 수업을 듣는 강의실은 커다란 통유리창이 있어서 유난히 볕이 잘 들어왔다. 그곳에서 우리는 동그랗게 둘러앉아 서로 얼굴을 마주 보며 수업을 들었다. 작가님은 이 시간을 "마음을 나누는 시간"이라고 표현하셨다. 처음엔 조금 오그라드는 표현이라고 생각했는데, 얼마 지나지 않아 그 말을 완전히 이해하게 됐다.

에세이에는 정말 개인적이고 내밀한 삶이 녹아 있었다. 수강생들은 가족이나 친구에게도 말하지 못한 이야기를 매우 진한 농도로 글에 녹여냈다. 그래서인지 개인적으로 대화 한 번 제대로 나눠본 적 없는 사람들과도 단지 글을 함께 읽었다는 이유만으로 가깝게 느껴졌다.

글을 쓰는 데는 생각보다 훨씬 많은 공이 든다. 자신의 삶을 들여다보고, 글로 쓸 만한 순간을 포착하고, 삶에 대한 사유를 잘 전달하기 위해 몇 번이나 깎고 다듬어야 한다. 그렇게 타인의 응축된 삶의 정수를 글을 통해 살펴보는 것은 내게 새로운 자극이자 행운이었다. 글쓰기의 기술적인 배움을 차치하고서라도 다양한 연령대의 다양한 직업에 종사하는 사람들을 만나 갖가지 모양의 삶을 들여다보는 것만으로도 이 수업은 의미가 컸다.

수강생들은 수업 시간에 짧게 글을 쓰고, 한 명씩 돌아가면서 자신의 글을 낭독하기도 했다. 낭독을 마치면 작가님과 다른 사람들이 공감과 지지를 보내주곤 했는데, 그럴 때면 온 세상으로부터 이해받는 기분까지 들었다. 또 지나가는 말이라도 "글이 참 좋다", "잘 쓴다"라는 칭찬을 들으면, 한동안 죽어 있던 내 안의 무엇인가가 다시 살아나는 것 같았다. 그것을 의욕이나 설렘이라 불러도 좋을 것이다. 글쓰기 수업은 내가 이제까지 경험해본 그 어떤 심리 치료보다 효과가 확실했다.

글쓰기 주제가 '가족'이나 '죽음'일 때는 수업 중에 눈물을 쏟기도 했다. 누군가가 아끼는 사람의 죽음을 이야기하면서 말을 잇지 못하면, 수강생들의 마스크 위로 붉어진 눈동자들이 여기저기 떠올랐다. 그제야

'아, 이래서 마음을 나누는 시간이라고 하는구나'라고 깨달았다.

그렇게 수업이 끝나면 나는 따뜻하게 데워진 마음을 안고 740번 버스를 탔다. 집까지는 1시간 반 정도 걸리는 긴 여정인데도 돌아갈 때는 일부러 버스를 탔다. 창가에 앉아 그날의 여운을 곱씹기 위해서였다. 이때만큼은 댄스 음악을 듣지 않고, 마음이 말랑해지는 알앤비나 재즈를 들었다. 이병우의 영화음악도 오랜만에 들었다.

나는 지난 몇 년간 온통 회색빛의 시간을 보냈다. 세상을 느끼는 모든 감각이 무뎌졌고, 그 어떤 것도 오랫동안 붙잡고 관찰하거나 음미할 여유가 없었다. 감정적이기보다는 논리적이어야 했고, 아름다운 언어보다는 명확한 숫자를 가까이해야 했다. 감정을 소모하는 것들을 멀리하느라 조금 진중한 주제의 책이나 호흡이 긴 영화는 어느 순간부터 보지 않았다. 해야 할 일에 치여 다른 사람들의 인생에 관심이 없어진 건 말할 것도 없었다. 100퍼센트의 웃음도 눈물도 없는 무채색의 삶이었다.

하지만 글쓰기 수업을 들은 후 달라졌다. 감각이 생생해지고 마음이 말랑해졌다. 수업 시간에 나누었던 다른 사람들의 이야기를 가만히 곱씹어보았다. 나와 완전히 다른 삶과 더 여문 생각들이 녹아 있는 글이 하나하나 떠올랐다. 그럴 때마다 '그래 맞아. 나 이런 감정을 느끼는 사람이었지' 하며 비로소 살아 있음을 느꼈다.

누군가가 지금 무채색의 시간을 보내고 있다면 말해주고 싶다. 내 안의 꿈이나 열망 같은 것들이 절대로 사라져버린 게 아니라고, 지금 당장은 너무 지쳐서 느끼지 못하는 것뿐이라고, 살아 있다고 느끼는 순간은 분명 다시 온다고 말이다.

버스가 대학 시절 추억이 가득한 청파동을 지나고 있었다. 집으로 돌아가는 루트도 마음에 쏙 들었다. 꿈이 가득 차 있던 그 시절의 나를, 진짜 나의 인생을 살

아보고자 했던 그때의 나를 조금은 찾은 것 같아 기뻤다. 모처럼 이런 게 행복이구나 싶었다. 740번 버스에앉아 창밖을 바라보니, 세상은 온통 밝고 선명한 색상을 띠고 있었다.

재밌으면
일단 하기나 해!

　　5월의 어느 날, 글쓰기 수업이 끝난 후 씩씩대며
집에 돌아와 동생 방으로 쳐들어갔다. 가방을 바닥에
쿵 소리 나게 내동댕이치고 동생 침대에 대자로 뻗어
버렸다. 책상에서 전시 작업을 하던 동생이 놀란 눈으
로 나를 쳐다보았다.

　　"나 왜 기분이 안 좋지?"

　　넋 나간 표정으로 천장을 바라보며 불편한 기분을
뱉어냈다. 의욕적으로 글쓰기 수업을 여러 개 듣기 시

142
네 번째

작한 시점이었다. 너무 욕심을 낸 탓이었을까. 글쓰기 수업 자체는 괜찮은데, 문제는 책 쓰기 수업이었다. 책 쓰기 수업은 출간기획안 합평 시간을 가지는데, 이게 영 부담스러웠다. 이제 막 글쓰기에 재미를 붙인 사람이 출간을 목표로 하는 거창한 수업을 들었으니 어려울 만도 했다.

평소에 끄적거리는 걸 좋아하고, 일기나 좀 쓰는 사람이 차별화된 소재로 편집자들의 눈에 확 띄는 책을 기획하는 건 사실상 불가능에 가까웠다. 게다가 내 눈에는 꽤 흥미로운 기획안이었는데, "이런 건 책으로 내기에 너무 일반적인 소재다", "작가가 셀럽 정도는 돼야 팔릴 만한 책이다"라는 코멘트를 들었을 때는 좌절하기도 했다. 그러다 보니 수업 시간이 점점 괴롭게 느껴졌다.

"평가하는 사람도 취향이라는 게 있잖아. 근데 그렇게 평가받다 보면 내 스타일이 점점 없어지고, 평가하는 사람의 기준에 맞추게 된다니까. 작품에 개성이

없어질걸?"

　동생은 힘없이 침대에 늘어져 있는 나를 억지로 일으켜 세우며, 자신이 미술 전공 수업 시간 때 겪은 경험을 말해줬다. 가만 생각해보니 정말 그랬다. 작가님의 피드백을 듣고 나서 수강생들이 수정해서 들고 오는 글과 기획안은 분명 이전보다 매끄럽긴 했지만, 어쩐지 저마다의 개성이 조금씩 깎여 있었다. 나 또한 아니라고는 할 수 없었다.

　"다른 사람이 보면 의견이 다를 수 있어. 그 합평

수업을 꼭 들어야 해? 전문가의 인정이 꼭 필요해?"

　동생의 이야기를 듣자 내가 아직도 모범생의 관성을 못 버렸다는 걸 깨달았다. 백수가 되어서까지 뭔가가 하고 싶으면 우선 어딘가에 소속되어 배우려고 했고, 권위자의 인정을 받으려고 했다. 진짜 내가 원하는 걸 찾기 위해 백수가 됐으면, 예전에는 해보지 않은 좀 더 특색 있는 길을 걸어볼 수도 있을 텐데, 나는 또 익숙한 길을 걷고 있었다.

　"30년 동안 계속 그렇게 살았으니 그 습관이 쉽게 고쳐지지 않는 건 당연해. 근데 지금 언니한테 가장 필요한 건 합평이 아닌 것 같아. 뭔가를 지속하는 힘은 재미야. 그게 가장 중요해."

　그러고 보니 무라카미 하루키도 글을 쓰는 데 무엇보다 중요한 건 "내가 즐길 수 있는 것"이라고 했다. 무라카미 하루키와 나를 동일선상에 놓고 생각할 수는 없지만, 재미가 무엇인가를 지속하는 데 가장 중요한 요소인 건 틀림없었다.

"하고 싶은 게 있으면 그냥 해. 글을 쓰고 싶으면 우선 브런치 같은 데에 글을 올려봐. 프로가 아닌 상태에서 쓰는 글이 누군가에게는 매력적으로 보일 수도 있어."

"맞아. 아마추어만의 매력이 있지."

TV 오디션 프로그램이나 사운드 클라우드 같은 플랫폼에서 신인 뮤지션이 발굴되는 것만 봐도 알 수 있다. 그들이 대형 기획사의 손을 거쳐 정식 데뷔를 한 모습을 보면 세련돼 보이긴 했지만, 어쩐지 예전의 힙한 느낌이 사라져 아쉽지 않았던가. 분명 전문가의 책 쓰기 수업에서 배운 것도 많았다. 하지만 그 시간이 나의 좋은 점까지 깎아 없애거나 재미를 잃어버릴 만큼 압박으로 느껴지면 안 되는 거였다.

글을 쓰겠다고 마음을 먹은 순간부터 브런치를 염두에 두지 않은 건 아니었다. 하지만 막상 작가 신청을 하려니 부담스러웠다. 이 세상에 글 잘 쓰는 사람은 너무나 많고, 브런치 작가 신청 단계에서 몇 번이나 고배를 마셨다는 사람들의 경험담도 즐비했다. 내가 과연 그 틈바구니에 낄 수 있을지, 이렇게 망설이는 걸 보니 내가 정말 글을 쓰고 싶긴 한 건지 의심도 들었다.

"매일 책 보지. 매일 글 쓰지. 그럼 좋아하는 거야. 뭘 더 의심해? 안 좋아하면 매일 할 수 없어!"

내가 나를 안 믿는데 누가 나를 믿어주겠냐고, 동생은 그날따라 굉장히 단호한 태도를 보였다. 그런데 "안 좋아하면 매일 할 수 없다"라는 말이 아주 많이 설득력이 있었다. 그날부터 약간 즐거운 마음으로 기획안을 다시 수정했다.

'조급하게 마음먹지 말고 차근차근 즐기면서 해보자. 이왕 백수가 된 거 재밌게 살아야지. 이것마저 억지로 하면 아무 의미가 없잖아!' 내 마음속 재미의 불씨를

지켜 나가는 게 지금 내가 가장 먼저 해야 할 일이라고 생각했다. 재미있는 일은 계속하게 되고, 계속하면 이르게 되는 경지가 있다. 하고 싶은 걸 하는 데 누군가의 인정이 꼭 필요한 건 아니다. 내 마음대로, 내가 옳다고 믿는 방식으로 그냥 즐겁게 하면 된다. 며칠 뒤, 수정한 기획안으로 브런치에 작가 신청을 했고, 운 좋게 작가 신청이 승인되었다.

동생의 말은 거짓이 아니었다. 일단 뭐든지 해봐야 한다. 나이키의 'JUST DO IT' 슬로건이 얼마나 훌륭한 말인지 새삼 깨닫는다. 내일은 나이키 운동화를 신고, GRAY의 〈하기나 해〉를 들으며 신나게 동네 한 바퀴를 돌아야겠다. 왠지 더 많은 일을 그냥 무턱대고 해볼 수 있을 것 같은 기분 좋은 예감이 들었다.

두드려라,
열릴 것이다

2018년 무더웠던 7월의 어느 날, 코엑스에서 서울 일러스트레이션 페어SIF가 열렸다. 동생은 사뭇 비장했다. 자신을 포함해 750여 명의 작가가 작품을 전시하거나 아트 상품을 선보일 것이고, 예년처럼 수만 명의 관람객이 몰려와 인산인해를 이룰 것이었다.

백수 생활을 접고 이제 막 돈벌이를 하던 동생은 처음으로 온라인이 아닌 대면으로 많은 사람을 만날 생각에 설레했다. 역시나 엄청난 인파가 몰려들었고, 감사하게도 동생의 아트 상품은 완판이 되었다. 사람들과 직접 만나 소통하고, 자식 같은 자신의 작품이 사람들에게 선택되어 떠나는 모습을 지켜보는 것은 이루 말할 수 없이 소중한 경험이었다. 하지만 동생이 비장하기까지 한 이유는 따로 있었다. 서울 일러스트레이션 페어와 협력 관계에 있는 영국 일러스트레이션 협회AOI: Association of Illustrators가 전시에 참여하기 때문이었다.

AOI는 일러스트레이터들이 더 나은 조건에서 일할 수 있도록 자문과 지원을 제공하는 비영리단체로 작가들에게 꽤 인지도가 높은 단체였고, 동생은 그곳에 가입한 아티스트들을 좋아했다. 그런 AOI가 서울 일러스트레이션 페어에서 소수의 작가들을 대상으로 포트폴리오 상담을 진행한다는 소식을 들은 것이다. 동생은 조금의 망설임도 없이 포트폴리오 상담을 신청했고, 약속된 시간에 AOI의 부스를 찾았다.

동생은 낯선 사람과의 통화도 극도로 꺼리는 굉장히 내향적인 성격이다. 그런 동생이 처음 보는 사람들에게 자신을 소개하는 일은 결코 쉽지 않았을 것이다. 하지만 용기를 낸 덕분인지 AOI 팀에서는 동생의 포트폴리오를 보고 긍정적인 피드백을 주었다. 이 계기로 동생은 AOI에 가입했고(가입은 누구나 할 수 있다), 소속이 없던 프리랜서 초기에 AOI로부터 저작권이나 계약서 검토 등 실질적인 도움을 많이 받을 수 있었다.

때로는 이런 작은 노크가 완전히 새로운 세계의 문을 열어주기도 한다. 그로부터 1년 뒤, AOI의 한 담당자가 차곡차곡 쌓인 동생의 포트폴리오를 보고 런던에서 열리는 작은 그룹 전시에 참여해보지 않겠냐고 제안을 해왔다. 동생은 이 제안을 계기로 런던의 전시에 참여할 기회를 얻었다. 처음부터 이런 기회를 예상하고 AOI의 문을 두드린 건 아니었는데, 어쩌다 보니 해외 진출까지 하게 된 셈이다.

그리고 기회는 또 다른 기회를 만든다. 그 런던의 전시에 참여한 아트숍 관계자가 동생의 작품을 눈여겨보았고, 그렇게 동생의 작품은 영국의 한 신흥 예술가들을 위한 아트숍에 입점하게 되었다. 큰 금액은 아니지만 아트숍 작품 판매 수익이 매달 일정하게 들어오는데, 이 수익은 동생에게 프리랜서로서 비빌 언덕이 되어주고 있다.

"기다리지 말고 찾아가세요. 자신의 작품을 남들에게 보여주는 것을 두려워하지 마세요. 기회가 왔을 때 자신을 알릴 수 있도록 늘 준비를 해놓으세요."

동생이 프리랜서를 대상으로 하는 강연에서 항상 하는 말이다. 만약 동생이 매일 충실하게 자신의 포트폴리오를 쌓아놓지 않았다면, 포트폴리오 공개를 주저했다면, 용기 있게 서울 일러스트레이션 페어에서 AOI 부스를 찾아가지 않았다면, 이런 기회들을 잡을 수 있었을까?

무엇인가를 보여주기에 완벽한 때는 없다. 자신의 작품을 용기 있게 공개하는 것만으로도 성장하는 부분이 분명히 있다. 그리고 기회는 용기 있게 문을 두드리는 자에게만 허락된다.

그렇다면 나는 과연 어디의 문을 두드리는 게 좋

을까. 브런치에 계속 글을 올리는 것도 좋지만 이제는 다음 단계로 넘어가고 싶었다. 나의 꿈은 나름(?) 소박했다. 내 이름으로 된 글이 물성을 지닌 책으로 나오는 것. 인터넷에 쓰인 글도 분명 훌륭하지만, 소중한 나무로 만든 책이라면 적어도 무가치한 글이 실리지 않을 거라는 최소한의 믿음이 있었다.

그래서 일단 내가 할 수 있는 것부터 용기 있게 도전해보기로 했다. 글을 실을 수 있는 종이 매체라면 무조건 기고했다. 책 전문 잡지, 문학 잡지, 라이프스타일 매거진 등 많은 곳에서 글을 공모하고 있었다.

가장 먼저 내 눈에 띈 것은 〈월간 채널예스〉의 '나

도, 에세이스트' 공모전이었다. 그중에서도 특히 내 눈길을 사로잡은 것은 "첫 원고료를 받으세요!"라는 홍보 문구였다. 원고료라니! 정말 작가가 된 기분이잖아? 게다가 대상은 상금 20만 원과 함께 〈월간 채널예스〉에 글이 실린다고 하니 종이책을 가지고 싶다는 꿈도 이룰 수 있는 절호의 기회였다.

그렇게 나는 인생 처음으로 에세이 공모전에 도전했다. 당시 내가 도전했던 공모전 주제는 "여름을 즐기는 나만의 방법"이었다. 나는 '환불과 취소로부터의 사색'이라는 거창한 제목으로 글을 써서 제출했는데, "평소 페스티벌로 여름을 나던 사람이 코로나 때문에 집순이가 되면서 오히려 나만의 목소리에 귀를 기울일 기회를 얻었다"라는 내용이었다.

결과는 놀라웠다. 우수상! 나는 상금 3만 원과 함께 채널예스 웹진에 글이 게재되는 영광을 안았다. 처음 소원대로 종이책에 글이 실리지는 못했지만 상관없었다. 글을 쓰고 돈을 번 기분은 생각보다 짜릿했다.

그리고 한 가지 더 나를 짜릿하게 한 건, 내가 지

금 완전 삽질을 하고 있는 건 아니라는 확신이었다. 백수 생활을 견디려면 스스로에 대한 믿음이 아주 중요하다. 이로써 나는 계속 앞으로 나아갈 동력을 얻었고, 여기저기 더 많은 곳을 두드려볼 자신감이 생겼다. 그것만으로도 충분한 경험이었다.

좋아하는 일에도
노력이 필요하다

슬슬 좀이 쑤셔왔다. 나는 절대로 집에서 얌전히 글만 쓸 수 있는 사람이 아니었다. 기분 전환으로 할 수 있는 활동이 필요했다. 이때만큼은 뭔가를 이루겠다는 욕심 없이 순수하게 마음이 끌리는 것에 집중해보기로 했다. 그래서 해방촌에 있는 조그만 연습실에서 다시 디제잉을 배우기 시작했다. 오로지 나의 기쁨과 재미를 위해서였다. 하지만 늘 그렇듯이 모든 일은 내 예상대로만 흘러가지 않는다.

"제발 연습 좀 해주세요. 부탁드려요."

두 번째 레슨 날, 선생님은 두 손을 모아 합장하는 시늉을 하며 내게 간곡히 부탁했다. 나는 그저 땀을 삘삘 흘릴 뿐이었다. 디제잉의 기본 중의 기본인 비트 매칭beat matching*이 잘 되지 않았기 때문이다. 그동안 디제잉 장비의 디스플레이에 표시되는 BPM**숫자에 너무 의존하고 있었나 보다. USB에 담긴 음악이 아닌 바이닐vinyl***로 플레이하기 위해서는 숫자를 보지 않고 비트 매칭을 해야 하는데, 표시되는 숫자가 없으니 아주 엉망이었다. 그래도 디제잉은 나름 내 오랜 취미인데, 왜 이런 기본적인 것도 못할까. 창피하기도 하고 당황스럽기도 했다.

"네…."

나는 기어들어가는 목소리로 대답하고 털레털레

---

* 두 곡이 자연스럽게 연결되도록 곡의 빠르기와 박자를 맞추는 기술
** '비트 퍼 미닛beats per minute'의 약어. 음악의 속도를 숫자로 표시한 것으로, 그 수가 클수록 빠르다. 일반적으로 BPM의 시간 단위는 1분
*** 레코드판이라 불리는 지름 30센티미터 정도의 LPLong Playing판

연습실을 빠져나왔다. '아이씨, 쪽팔린다 진짜. 옛날부터 해왔다고 하지나 말걸.' 상상 속에서 나는 방정을 떠는 주둥이를 스스로 열 번도 더 때렸다. 버스 타러 내려가는 해방촌 언덕길이 유난히 길게 느껴졌다. 문득 백수 주제에 뭐 하나 제대로 하는 게 없다는 생각이 들어 자괴감이 들었다.

그 이후로 레슨이 금요일이라면 나는 수요일 밤부터 스트레스를 받기 시작했다. '아, 비트 매칭이 잘 안 되면 어떡하지?' 하는 생각에 마음이 무거웠다. 즐기려고 시작한 디제잉인데 어느 순간 레슨이 부담으로 다가오고 있었다. 무엇보다 견디기 어려웠던 건 내가 정말 좋아한다고 생각했던 디제잉이 실은 그렇지 않을 수도 있다는 의심이 드는 것이었다. 대학생 때부터 전자음악을 좋아해서 즐겨 들었는데, 이렇게 레슨이 부담스러운 걸 보니 실은 그 시간이 다 거짓은 아니었을까? 내가 그동안 디제잉에 매달렸던 건 괴로운 회사 생활에 대한 보상 심리였을 뿐일까? 역시 나는 음악을 그냥 듣기만 해야 하는 사람인 걸까? 디제잉을 좋아하는 마음에 대한 의심만 샘솟았다.

　몇 날 며칠을 브레이크 없는 걱정만 하다가, 문
득 어떤 사실을 하나 깨닫고는 너무 어이가 없어서 웃
어버리고 말았다. 음, 그러니까… 나는 정작 연습을 하
지 않고 있었던 것이다. 디제잉 장비가 부모님 댁에 있
다는 핑계로 말이다. 건방지게도 고작 일주일에 한 번
디제잉 레슨에 가는 것만으로 실력이 자연스레 늘기를
기대했나 보다. 어쩌면 본업이 아닌 일은 이 정도만 해
도 된다는 마음이 있었을지도 모른다.
　가만히 앉아 걱정만 하고 있을 수는 없었다. 그때
부터 방 구조 전면 개편 작업에 돌입했다. 디제잉 장비
를 들여놓을 공간이 나오는지 가늠해보기 위함이었다.
요리조리 테트리스 블록 맞추듯 가구들을 재배치하고
나니, 기적처럼 침대와 방문 사이에 여분의 공간이 생
겨났다. 그 길로 왕복 3시간 거리의 부모님 댁으로 가
서 디제잉 장비를 싸 안고 돌아왔다. 장비 세팅을 마치
고 나니 놀랍게도 오히려 방이 전보다 더 안정감 있어

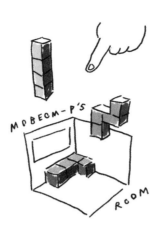

보였다.

그때부터 매일 1시간씩 비트 매칭 연습을 했다. 실력 향상 여부를 떠나 연습하는 시간 동안 아주 놀라운 사실을 알게 되었는데, 적어도 몸을 움직이고 있는 시간 동안은 불안한 마음과 자기 의심이 사라진다는 것이었다. 비트 매칭 실력도 투자한 시간에 비례해서 점점 좋아졌고, 심지어 금요일 레슨 시간이 점점 기다려지기까지 했다.

몇 주 뒤, 해방촌 연습실로 향하는 나의 발걸음은 가벼워져 있었다. 그리고 그날 나는 선생님과 얼추 백

투백Back to Back 디제잉*까지 할 수 있게 됐다.

"모범피 씨, 제가 원하던 게 바로 이런 거였어요! 실력이 많이 늘어서 기분이 좋네요."

'아, 내가 이 맛에 디제잉을 시작했던 거였지.' 그제야 예전의 즐거웠던 마음을 비로소 떠올릴 수 있었다. 뾰족했던 마음이 둥그렇게 변하는 느낌이었다.

이제까지 나는 노력하지 않아도 마음이 자연스럽게 끌리거나 잘하는 걸 좋아하는 일이라고 믿었다. 그래서 어떤 일을 하다가 잘 되지 않으면, '이건 내가 정말 좋아하는 일은 아닌 것 같아'라고 쉽게 판단하는 경우가 많았다. 하지만 세상의 어떤 일이 항상 기쁘고 행복하기만 할까. 간절하게 바라던 직업을 가져도 괴로울 때가 많다는데, 마냥 좋기만 한 일은 세상에 존재하

---

* 디제이 두 명이 한 곡씩 번갈아 가면서 곡을 트는 것

지 않을지도 모른다.

그러니까 무엇인가를 좋아한다면, 아니 적어도 좋아하고 싶다면 우선 몸을 좀 더 움직여보라고 이야기해주고 싶다. 세상의 모든 불안과 의심은 대부분 아직 충분히 시도해보지 않아서 생기는 것 같다. 나는 일련의 시도를 거치고 난 후에야 비로소 알 수 있었다. 진짜 좋아하는 일은 고통이나 좌절을 느끼더라도 그걸 이겨내고 계속해보고 싶다는 생각이 드는 일이라는 것을 말이다.

얼마 전, 운 좋게도 서울의 한 언더그라운드 음악 커뮤니티 채널에 믹스셋을 올릴 기회를 얻었다. 부끄럽지만 데뷔 인터뷰라는 것도 했다. 그동안은 믹스셋을 만들면 개인 채널에만 올리는 게 다였는데, 평소 좋아하는 디제이들의 믹스셋이 올라가는 채널에 내 믹스셋이 함께 올라가 있는 것을 보니 감회가 남달랐다.

인터뷰에서 앞으로의 계획이 있느냐는 마지막 질문에 거창한 것은 없다고 말했다. 다만 매일 새롭고 좋은 음악을 하나씩만 더 발견하고, 나이가 들어서도 꾸준히 음악을 즐기는 사람이 되고 싶다고 답했다. 그 말이 단지 형식적인 인터뷰 답변에 머물지 않도록 앞으로도 나는 꾸준히 노력하며 살아갈 것이다. 좋아하는 마음이 다치지 않게, 그리고 좋아하는 걸 앞으로도 계속 좋아할 수 있게.

일희일비하는
백수의 삶

　공모전에는 항상 양가적인 감정이 든다. 당선되면 하루 내내 도파민이 분비되어 필요 이상의 행복감에 취해 지내지만, 그 결과를 기다리는 시간은 너무 괴로워서 다음부터는 절대 도전하지 말아야겠다는 생각도 든다.

　작년 8월, 브런치에 발행한 첫 글로 '나도 작가다' 3차 공모전에 지원했다가 고배를 마셨다. 브런치에서는 반응이 좋았던 글이라 내심 기대를 해서인지 꽤 상심이 컸다.

"난 아무래도 안 되는 건가 봐. 아무래도 글렀나 봐. 그만해야겠어…."

방에서 작업하고 있는 동생을 또 찾아가 하소연을 쏟아냈다. 그러자 동생은 공모전에서 떨어졌다고 언니의 글이 가치 없는 것은 절대 아니라며 섣불리 상심하지 말라고 나를 위로했다. 그 위로를 듣고 입을 닫았어야 했는데, 원래 우는 아이는 달래주면 더 우는 법. 나는 비슷한 문장을 조금씩 바꾸며 계속 우는 소리를 했다.

"아냐, 아냐. 난 틀렸어."
"이제 시작하는 사람이 뭘 제대로 해보지도 않았으면서 틀렸대!"

동생은 나의 끝없이 이어지는 푸념을 끊어버리고 냉정하게 말했다. '이제 시작하는 사람'이라는 말이 마음에 와 박혔다. 그제야 나는 가만히 지난 날짜를 헤아려볼 수 있었다. 긴 시간이 흐른 것 같았는데, 백수가

된 지 고작 3개월 남짓이었다. 그 말인즉 글을 본격적으로 쓴 것도 불과 3개월밖에 안 된다는 뜻이었다.

"그냥 계속해. 계속하다 보면 돼."

동생은 실천하기 어려운 처방전 하나를 내게 던져줄 뿐이었다. 그 말은 마치 "안 먹고 운동하면 살 빠져"라는 말처럼 들렸다.

나도 회사에서 공모전을 주최해본 경험이 있어서 공모전의 생리를 어느 정도는 알고 있다. 심사팀 내부적으로 원하는 스타일이나 주제가 따로 있을 수도 있고, 그 외 많은 변수가 존재하기 때문에 그것이 글의 가치와 직결되지 않을 수도 있다. 그래서 공모전 결과에 일희일비할 필요가 없다는 것도 잘 안다. 다 아는데… 내 마음이 마음대로 되지 않았다.

그날은 어떤 위로도 먹히지 않아 맘껏 술을 퍼마시고 미친듯이 동네를 뛰었다. 그렇게 뛰고 뛰고 또 뛰다 보니 불현듯 명료하게 떠오르는 생각이 하나 있었다. '계속 쓰는 것 말고는 지금 딱히 할 수 있는 일도 없다.' 슬프지만 그 정도로 가진 것이 없는 백수였다. 그래서 그냥 계속 썼다. 그리고 보이는 공모전이 있으면 모두 도전했다.

이전에 우수상을 받은 적이 있던 〈월간 채널예스〉의 '나도, 에세이스트' 공모전에 다시 한번 더 도전했다. 혹시 이미 수상한 사람은 당선 대상에서 제외되지 않을까 싶어 친구의 아이디를 빌리는 열정까지 뿜냈다. 공모전의 주제는 "나만의 인간관계 노하우"였다. 나는 과거 회식 자리에서 내 실수를 계기로 오히려 더 가까워진 상사 이야기를 하며, 가끔은 마음의 벽을 허물고

선을 넘는 것이 비결이라는 요지의 글을 썼다. 글을 쓸 때만큼은 나의 흑역사마저 이로울 수 있다는 게 신기한 일이었다.

결과 발표 날 아침, 나는 침대에 누워 외마디 비명을 질렀다. 결과 발표 페이지 맨 윗부분에 내가 빌린 친구의 아이디가 적혀 있었다. 대상이었다. 이로써 나는 두 번째 원고료로 20만 원을 받게 되었고, 그토록 꿈꿔왔던 내 글이 실린 종이책을 갖게 되었다.

그날은 차오르는 기쁨이 너무 커서 방 안에만 있을 수가 없었다. 바로 동생의 방으로 달려가 자는 동생의 귀에다 대고 소리를 빽 지르고, 동생이 놀라거나 말

거나 기쁨을 만끽하기 위해 밖으로 나가 힘차게 걸었다. 9월의 날씨는 너무 아름다웠다. 아직 무엇이 된 것도 아니고 나를 대표하는 수식어는 여전히 '불안'이겠지만, 오늘만큼은 가볍고 기쁘게 살아보자고 마음먹었다. 지난 몇 년을 통틀어 가장 충만한 행복감이었다.

그로부터 정확히 6일 뒤는 서울국제도서전과 카카오 브런치가 함께한 'XYZ : 얽힘' 공모전 결과 발표가 있는 날이었다. 이번에는 결과에 연연하지 말자고 마음을 다잡았지만, 붕 떠 있는 느낌을 지울 수는 없었다.

오전에는 편안했다. 하지만 점심을 먹고 나서도 결과가 발표되지 않자 초조해졌다. 4시가 넘자 나는 이미 세상에서 가장 우울한 상태로 침대와 한 몸인 채였다. 공모전 결과에 초연하겠다는 오전의 다짐은 온데간데없었다. 오후 다섯 시 반이 넘어갔을 땐 이미 끝났다고 생각해 맥주 한 캔을 들고 침대에 기대앉아 영화를 틀었다.

그러나 내용에 집중하지 못하고 이내 돌아 누워버렸다. '도대체 뭐가 잘못됐지?', '아무래도 이번 생은 망한 것 같아' 같은 부정적인 생각만 걷잡을 수 없이 커지고 있었다. 자기 비관적인 생각에 한참을 허우적대던 오후 6시 17분, 예상치 못한 브런치 알림이 울렸다. 서울국제도서전 담당자에게서 온 '제안하기' 메일이었다. 당선이었다! '나를 떨어트리다니 이 나쁜 놈들!' 하던 원망은 어느새 '담당자께서 업무가 매우 바쁘셨구나!' 하는 아량으로 변해 있었다. 갑자기 솟아나는 영험한 기운을 느끼고 벌떡 일어나 동생 방으로 달려갔다. 그리고 한참을 무반주로 미친 듯이 기쁨의 댄스를 췄다. 아마 모르는 사람이 봤으면 복권에라도 당첨된 줄 알았을 것이다.

"텐션이 아까랑 이렇게 다르다고? 똑같은 사람 맞아?"

그날 동생은 사람이 어쩜 저렇게 일희일비할 수 있냐며 오래도록 나를 신기하게 바라보았다.

채널예스 담당자와 메일을 주고받을 때, 실은 예

네 번째

전에 수상한 적이 있다는 사실을 밝혔다. 담당자는 "꾸준히 글 투고하셔서 대상을 수상하셨군요!"라며 문제 없다고 말했다. '꾸준히'라는 말이 내가 상을 받은 이유를 담고 있는 듯해서 읽고 또 읽었다.

잘하고 못하고를 떠나 꾸준히 하면 뭐라도 된다. 일희일비하는 경험을 여러 번 하다 보니 이젠 알겠다. 잘하는 것보다 꾸준히 하는 것이 더 힘들다는 것을, 그리고 어쩌면 잘하는 것보다 꾸준히 하는 게 엄청난 능력이라는 것을 말이다.

좋아하는 마음이 크면 쿨해질 수 없는 법이다. 그래서 나는 일희일비하는 나를 그냥 받아들이기로 했다. 그런 것에 초연할 만큼 애초에 그릇이 큰 사람이 되지 못한다. 다만 일희일비하는 과정이 너무 괴롭지 않도록 꾸준히 해보기로 했다. 그러다 보면 마음의 근육이 자라서 '비悲'의 상황이 오더라도 잘 헤어 나올 수 있다고 믿는다. 어지러운 마음을 다스리는 데는 그냥 하는 것밖에 답이 없다. 그리고 중요한 건 계속하는 것 말고는 지금 내가 할 수 있는 일도 딱히 없다는 사실이다.

아이스크림을
한 통씩 퍼먹던
삶은 안녕이다

〈월간 채널예스〉 10월호를 드디어 받았다. 내 글
은 두 페이지에 걸쳐 실려 있었다. 보라색에서 인디핑크
색으로 그러데이션이 돼 있는 참 멋진 편집이었다. 책
에 내 글이 실린 걸 확인하니 어쩐지 몸 둘 바를 모를 느
낌이기도 했다. 그중에서도 나의 시선이 가장 오래 머문
곳은 글 끄트머리의 작가명과 한 줄 소개글이 적힌 부분
이었다.

회사에서는 일을 아무리 열심히 해도 사람들에게
나를 드러낼 수 없었다. 앱스토어에서 사람들은 나를 기
획자님 또는 개발자님이라고 불렀다. 그게 못내 아쉬웠

는지, 내가 쓴 글 밑에 당당하게 내 이름(이라기보다는 작가명) 세 글자가 적혀 있으니 그렇게 기쁠 수가 없었다. 아무래도 나는 조금은 관종인 게 분명하다.

물성이 주는 힘은 생각보다 대단하다. 분명 똑같은 글인데, 손에 쥐고 부피나 질감을 감각할 수 있는 책으로 받아보니 더욱 특별한 느낌이었다. 혼자 가만히 앉아 내 글이 실린 페이지를 얼마나 쓸어봤는지 모른다. 등단 작가가 아니기에 망정이지 등단이라도 했으면 책의 종이가 전부 닳아 없어졌을 것이다.

10월 중순, 날씨가 특별히 아름다웠던 어느 토요일에는 을지로에서 개최된 서울국제도서전에 방문했다. 나는 브런치와 서울국제도서전이 함께 주최한 공모전의 당선 작가 자격으로 방문을 하게 됐다. 입구에서 만난 담당자는 너무나 자연스럽게 나를 '작가님'이라 불렀다. 작가님이라니. 친구들이 놀릴 때 말고 누군가가 나를 육성으로 작가님이라고 불러주는 건 처음이었다.

담당자와 함께 전시장 곳곳을 구경했고, 마지막으

로 카카오 브런치 당선작 모음집《얽힘 : 공존─공생─공감》이 전시된 곳에서 인사를 마쳤다. 책 두 권을 미리 받아보긴 했지만, 전시 공간에 진열된 책은 왠지 더욱 빛나고 근사했다. 왜 작가들이 서점에 주기적으로 가서 자신의 책을 살펴보는지 조금은 알 것 같았다. 누군가가 나의 글이 담긴 책을 집어 들었을 때는, 나도 모르게 기분 좋게 긴장하는 내 모습을 발견할 수 있었다.

뒤를 돌아보니 전시 공간 곳곳에 멋진 책들이 저마다의 매력을 뽐내고 있었다. 뉴스에서는 한국인들의 독서량이 터무니없이 부족하다고 했지만, 이곳엔 책에 관심 있는 사람들로 가득했다. 사람들이 책에 집중하고 있는 모습을 보니 언젠가 나도 저렇게 많은 사람들이 소중하게 시간을 내어 읽어줄 만한 이야기를 쓰고 싶다는 마음이 솟아올랐다.

불현듯 절대로 예전처럼 살 수 없을 거라는 예감이 들었다. 그동안 바람에 정처 없이 흩날리는 검은 비닐봉지처럼 살았던 것은 어쩌면 꿈이 없어서였을지도 모른다. 언제부터인지 꿈이라는 단어는 초등학교 교과서에

나 나올 법한 단어로 느껴졌고, 나는 그저 하루하루 흘러가는 시간에 머리채를 잡혀 끌려다니기 바빴다. 그래서 뭘 하고 싶다, 어떻게 살고 싶다 같은 생각을 한동안 잊고 살았다.

그런데 이제 하고 싶은 것이 확실하게 생겼으니 내 삶은 절대로 예전과 같을 수는 없을 것이다. 밀려오는 공허함에 퇴근 후 아이스크림을 한 통씩 퍼먹던 삶은 이제 안녕이다. 나는 아무도 모르게 조용히 과거의 나에게 작별을 고했다.

다섯 번째

매일
오늘만 같아라

그래도 낭만이
흥건한 삶을 살래

OO 결혼식, 토요일 12시.

백수도 어김없이 청첩장을 받는다. 휴대폰 화면에 있는 캘린더 위젯을 보고 나도 모르게 한숨을 내쉬는 일이 잦아졌다. 평일 낮의 여유로움 같은 실체 없는 로 망이 옅어지고 나면, 마치 재난 문자같이 시도 때도 없 이 엄습하는 불안을 마주하게 된다. 주기적으로 날아 오는 청첩장을 받을 때나 주변 사람들의 이직, 출산 소 식을 들을 때가 그렇다. 나를 뺀 모두가 인생의 다음 단 계를 차근차근 밟아 나가는 것만 같다.

회사 동기들이 대화방에서 주식과 부동산 정보를 나누는 것을 보아도 한없이 착잡하다. 돈을 불리기는 커녕 피땀 흘려 모아놓은 적금을 야금야금 까먹으면서 언제까지 이대로 버틸 수 있을지 계산하고 있는 나의 처지 때문이다. '몇 개월 정도 더 버틸 수 있을까?' 계산하다가 황급히 머리 위로 떠오른 말풍선들을 쓱싹쓱싹 지워버리기 일쑤다.

수입이 없어도 통장의 돈은 잘도 빠져나간다. 숨만 쉬면서 고작 이 정도 생활을 영위하는 데 엄청난 돈이 든다는 것을 처음으로 깨닫는다. 참으로 쓸데없이 편리한 세상이다. 대출 이자와 휴대폰 요금, 교통비와 가스비, 앱 구독료 등이 빠져나가는 것을 한 달에 한 번 잊지도 않고 꼬박꼬박 문자로 안내해준다. 가끔 실수로라도 요금 청구를 빼먹을 법도 한데, 그런 일은 한 번도 일어나지 않는다. 모두가 자기 일에 있어 얼마나 철두철미하게 살아가는지 새삼 놀랍다. 어쩌면 나는 주기적으로 날아오는 자동이체 문자 덕분에 그나마 현실 감각을 유지하고 있는 것인지도 모른다.

게다가 며칠 전에는 치과를 포함한 병원비가 한 번에 100만 원 넘게 깨지기도 했다. 내 몸 하나 건사하는 데 생각보다 돈이 많이 든다는 걸 예전엔 미처 몰랐다. 아무래도 지출이라는 것은 예상 범위를 훨씬 벗어나려고 있는 것인가 보다. 한 달에 한 번 들어오는 월급이 얼마나 큰 안정감을 가져다주었는지 이제야 체감할 수 있었다.

코로나19 확산 방지에 동참하기 위해 O월 O일까지 휴관을 결정하게 되었습니다.

코로나 시대에 백수로 살아가는 일은 또 어떤가? 큰맘 먹고 등록한 글쓰기 수업은 코로나로 한참을 쉬었고, '퓰리처상 사진전'을 보러 예술의전당 입구까지 갔다가 갑작스러운 전시 휴관 공고에 발걸음을 돌린 적도 있다. 시간은 남아도는데 정작 할 수 있는 일이 없다니 이건 예상하지 못한 시나리오였다.

뉴스에서는 연일 갑자기 직장을 잃은 사람들의 소

식을 전하고, 동네 여기저기에 "이번 주까지만 영업하고 문을 닫습니다. 그동안 이용해주신 여러분, 정말 감사합니다" 같은 서글픈 현수막이 내걸렸다. 모두가 밥벌이로 고군분투하고 있는 모습을 보면, "넌 뭘 믿고 그렇게 낭만이 흥건하냐?"*라고 묻는 영화 속 대사를 수백 번도 더 되뇔 수밖에 없다.

　　백수는 밀려오는 불안의 파도를 계속 넘으면서 버티는 서퍼와 같다. 때로는 너무 큰 불안이 밀려와서 물속으로 처박히기도 하고, 때로는 넘실대는 불안 위에서 잠시 행복감을 느끼기도 하는 서퍼 말이다. 유난히 파도가 큰 날이 있거나 잔잔한 날이 있을 뿐이지, 파도가 아예 밀려오지 않는 날은 결코 없다. 그러니 백수 생활의 가장 큰 덕목은 밀려오는 불안을 다독이면서 매일 살아내는 일일 것이다.

　　그럼에도 불구하고 내가 계속 파도를 넘는 이유는

---

* 영화 〈족구왕〉 중에서

조금은 마음에 들게 변한 내 모습 덕분이다. 매일 무표정으로 어제와 비슷한 오늘을 견디고, 퇴근 후에 고칼로리 음식과 술로 공허함을 달래던 내 모습은 더 이상 존재하지 않는다. 비록 예전보다 빈약해진 주머니 사정 때문에 장바구니에 할인 상품만을 골라 담지만, 적어도 지금은 멈추고 싶으면 멈추고 달리고 싶으면 달리는, 삶의 방향키를 내가 쥐고 있다는 걸 실감한다. "이게 아닌데!"를 외치면서 삶에 속수무책으로 끌려가지 않고, 일단 멈춰서 어떻게든 더 나은 방향을 모색하는 내 용기가 마음에 든다.

놀랍게도 한정된 잔고와 무한히 늘어난 시간이 생기면 삶의 우선순위가 명료해진다. 책임과 의무가 사라진 상황에서 내가 어느 곳에 시간과 돈을 쓰는지 가만히 지켜보면 된다. 나는 꾸미는 것보다는 읽는 것에, 먹는 것보다는 배우는 데에 시간과 비용을 투자하는 사람이라는 걸 알았다.

나는 매일 조금씩 읽고 쓰면서, 문장을 깎고 다듬

으면서 내 생각을 표현하는 것을 즐기는 사람이었다. 회사에 다닐 때는 외모와 운동, 유흥에 집착했는데, 그것들은 쳇바퀴 같은 삶에 대한 반작용이었을 뿐, 나의 진실한 욕망이 아니었음을 이제는 안다. 서른이 넘은 이제야 불필요한 껍질들이 하나둘 떨어져 나가고, 어린 속살의 나를 마주하는 기분이다.

김이나 작사가는 《보통의 언어들》에서 "당신의 기본값은 무엇이고, 어떤 모양인가?"라고 물었다. 혹시 내가 원래 어떤 사람이었는지 모르겠거나 기억나지 않을 만큼 자신을 잃는 기분이 든다면, 자신의 원래 모양을 더듬어볼 수 있는 시간을 가졌으면 좋겠다.

넘실대는 불안을 즐기는 서퍼의 삶은 생각보다 괜찮고 꽤 견딜 만하다. 누군가가 이런 내 모습을 보고 비현실적인 낭만주의자라고 비웃는다 해도, 나는 차라리 낭만이 흥건한 삶을 살아갈 것이다.

중요한 걸 알면
굳이 바쁠 필요 없잖아

백수 생활 중 나의 유일한 사치는 6,800원짜리 아메리카노를 마시는 일이다. 이 고가의 아메리카노는 우리 동네의 한 애견 카페 겸 유치원에서 판매 중인데, 동생과 나는 매주 화요일 오전, 순수한 눈망울을 가진 아이들을 만나기 위해 기꺼이 6,800원을 지불한다.

"코로나 때문에 요즘 사정이 많이 안 좋으시죠?"

주기적으로 출근 도장을 찍는 우리에게 어느 날 사장님이 건넨 인사말이다. 평일 낮, 화장기 없이 편안한 복장으로 돌아다니다 보면 코로나 때문에 실직한 백수로 오해받기 십상이다. 뭐, 아예 틀린 말은 아니라서 우린 "네, 그렇죠" 하며 웃어넘긴다. 동생과 나는 너무 자주 와서 이미 외워버린 몇몇 아이들의 이름을 부르며, 오늘은 누가 왔는지 살펴본다.

백수 생활을 시작함과 동시에 20년을 함께한 내 소중한 동생이자 반려견을 떠나보냈다. 어쩌면 나는 이곳에서 그 아이의 모습을 찾고 있는지도 모른다. 아이들의 보드라운 털을 쓰다듬으며 놀아주다 보면 어느새 2시간이 훌쩍 지나 있다. 내가 누구인지는 상관없이 옆에 와서 몸을 부대끼고, 조건 없는 믿음과 사랑을 주는 아이들을 보면 늘 마음이 뭉근하게 데워지는 느낌을 받는다. 사람한테서 느끼는 사랑과는 완전히 다른 것이다.

아이들과 교감하다 보면 백수 생활로 조금은 지쳐 있던 내 마음도 빠르게 회복된다. 그리고 정말 놀랍게도 "행복하다"라는 말이 절로 새어 나온다. 그것도 아주 여러 번.

행복해지는 데는 과연 얼마만큼의 돈이 필요한 걸까? 적어도 이 순간만큼은 6,800원이면 충분하다고 생각한다. 이 사실을 깨닫기까지 참 멀리 돌아왔다. 소확행에 대한 이야기가 아니다. 인생에서 처음으로 멈추는 시간을 보내면서 나를 충만하게 하는 것들에 대해 알았고, 충만한 한두 가지가 애매한 열 가지보다 낫다는 것을 이제야 깨달았을 뿐이다.

충만한 한 가지가
애매한 열 가지보다
나으니까

주말에 침대에만 누워 있는 게 죄스럽던 시절이 있었다. 꼭 어디 좋은 곳에라도 가거나 특별한 일을 해야 한다는 압박감을 느끼곤 했다. 그것도 아니면 내 인생이 정말 별거 없는 것처럼 느껴졌다. 그래서 늘 바쁘게 지냈다. 주말에 재미있는 이벤트는 없는지, 어디 갈 만한 곳은 없는지, 누구 만날 사람은 없는지 늘 찾곤 했다. 내가 원하는 게 정확히 뭔지도 모르면서 늘 목말라 했던 것이다. 그것이 실제 갈증이 아니라 삶의 공허함을 채우기 위한 지독한 몸부림임을 그때는 몰랐다.

하지만 이제는 그런 것에 끌리지 않는다. 글쓰기 수업을 듣고 자유롭게 글쓰기, 좋은 곳에 가서 음악을 듣고 내가 틀고 싶은 음악을 틀기, 가까운 몇몇 사람과 맛있는 것을 만들어 먹기, 오후 4시부터 8시까지 창가에 앉아 책을 읽으면서 가끔 고개를 들어 변하는 하늘 바라보기, 애견 카페에 와서 시간 보내기, 이 정도면 충분하다.

당연히 돈은 없는 것보다 있는 게 좋지만, 실제로 내가 행복해지는 데는 많은 돈이 필요하지 않다. 그러니 앞으로 인생을 설계할 때 돈은 조금 뒤로 미뤄두어도 괜찮을 것 같다.

멈춤의 시간을 보내면서 내 인생을 통째로 어떤

채에 넣고 탈탈 털어내버린 것 같다. 불필요한 것들이 걸러져 나가고 아주 중요한 것만 남은 느낌이 든다. 앞으로 살면서 인생에 뭔가를 더 채우고 싶은 갈증은 늘 있겠지만, 이제는 아무거나 벌컥벌컥 들이켜지는 않을 것이다.

동생과 매주 한 번씩만 이곳에 오자고 약속한 것은 정말 잘한 일이었다. 아니면 매일 6,800원짜리 사치를 부리며 이곳에 죽치고 앉아 있었을 테니까 말이다. 일주일에 한 번씩 만나는 천사 같은 내 친구들은 항상 문 앞까지 따라 나와 배웅하는 것을 잊지 않는다. 그리고 내 옷에는 언제나 아이들의 털이 잔뜩 붙어 있다.

"안녕, 다음 주에 보자. 행복을 나눠 줘서 고마워."

죽고 싶지만
안전벨트는 매고 싶어

차 바퀴에서 쇳덩이가 요란하게 긁히는 소리가 났다. 지난겨울, 동생과 함께 차를 타고 부모님 댁으로 향하던 고속도로에서였다. 타이어 공기압 경고등이 들어왔을 때, 그 신호를 무시하고 달리는 게 아니었다. 아무래도 차 뒷바퀴가 터진 것 같았다. 나는 일단 차선을 가장 바깥쪽으로 변경했다. 등 뒤로 식은땀이 줄줄 흘러내렸다. 사람이 진짜 놀라면 호들갑도 떨지 못하는 법이다. 우리는 어떤 때보다 침착하게 "갓길, 갓길!"만 외치고 있었다. 머릿속에서는 이미 뒷바퀴가 빠져나와 저만치 데굴데굴 굴러가고, 우리의 차가 고속도로 위에서

빙그르르 빠른 속도로 회전하며, 그 뒤로 연쇄 추돌사고가 발생하는 모습이 그려졌다.

한참을 달렸지만 갓길은 나오지 않았다. 당시 우리는 둘 다 "죽고 싶다"라는 말을 입에 달고 살던 시절이었는데, 그 순간만큼은 갓길이 절실했다. 타이어의 쇳소리는 우리의 귀를 날카롭게 파고들며 점점 커졌다.

"그, 그동안 고마웠다."

거의 우는 목소리로 농담 반, 진담 반 동생에게 마지막 인사를 건넸을 때, 앞쪽 길가에 딱 차 한 대 정도만 주차할 수 있는 협소한 공간이 보였다. 종교는 없지만 "하느님 감사합니다"를 외치며, 말 그대로 'GOD길'에 겨우 차를 세웠다. 바로 비상등을 켜고 밖으로 나와 트렁크 문을 활짝 열어젖히고 우리가 비상사태임을 최대한으로 알렸다.

그리고 바로 뒷바퀴를 살펴보았는데, 역시나 자동

차 뒷바퀴가 형편없이 찢어져 있었다. 이 지경이 될 때까지 달렸다니 바퀴가 튼튼한 것인지, 아니면 내가 둔감한 것인지, 절로 고개가 가로저어졌다. 보험사에서는 우리의 위치를 확인하고 곧 견인차를 보내줄 것이라고 이야기했다.

칠흑같이 어두운 겨울밤, 우리는 위험한 갓길에서 달리는 자동차의 엄청난 속력을 고스란히 느끼며 서 있었다. 위아래 치아가 딱딱 부딪히는 소리가 들릴 정도로 몸을 떨었던 것은 추운 날씨 때문이었는지, 겨우 살았다는 안도감 때문이었는지는 잘 모르겠다. 어쨌든 조금은 쓸쓸하고도 웃긴 풍경이었다.

20여 분이 지났을까. 견인차가 도착했고 기사님은 빠른 속도로 바퀴를 교체해주셨다. 그리고 우리는 난생처음으로 견인차에 탑승했다. 견인차는 영화에서 본 것처럼 운전석, 운전석 옆 가운데 조그만 좌석, 그리고 조수석이 있는 구조로 되어 있었다. 내가 가운데에 앉았고 동생이 조수석에 앉았는데 웬일인지 안전벨트가 하나밖에 없었다. 나는 잠시 어리둥절하다 잽싸게

내 몸통에 안전벨트를 둘렀다. 나도 모르게 나온 행동이었다. 우리는 몇 초간 서로의 얼굴을 멀뚱하게 바라만 보았다. 그리고 그제야 웃음이 터졌다.

요즘 서점에서 에세이 코너를 보면 깜짝 놀란다. 표지에는 누워 있는 사람 일러스트가 가득하고, 책 제목은 하나같이 위로의 말을 건네기 때문이다. 그만큼 현시대를 살아가는 우리의 삶이 고단하다는 뜻 같아서 조금 서글퍼진다.

한때 죽음에 대해 진지하게 생각한 적이 있다. 당장 죽음에 이르는 방법을 생각했다는 게 아니라, 내일이 그다지 기대되지 않아 죽음이 당장 찾아와도 아쉬울 것 없다는 마음이었다. 그땐 버릇처럼 죽고 싶다는 말을 입에 달고 다녔다. 하지만 자동차 바퀴가 터진 날, 하나밖에 없는 안전벨트를 부여잡으며 깨달았다. 나는 정말 죽고 싶은 게 아니라, 계속 이대로 살고 싶지 않은 것이었음을. 죽고 싶다는 말의 속뜻은 정말 잘 살아보고 싶다는 뜻이었음을. 그러니까 우리는 죽고 싶어도 떡볶이가 먹고 싶고, 밖에 나갈 때는 마스크로 코와 입을 꼼꼼히 가리고, 여름철에는 질식해 죽지 않으려고 선풍기의 예약 타이머를 굳이 맞추어놓고 잠드는 것이 아닐까.

지금도 여전히 나의 세로토닌의 수도꼭지는 살짝 고장 나 있다. 남들보다 수도꼭지가 꽉 잠겨 있어 쉽게 우울감에 젖고는 한다. 하지만 이건 나의 뇌 문제일 뿐, 나라는 사람 자체에 문제가 있는 건 아니라는 걸 이제는 잘 안다. 갑자기 세로토닌의 수도꼭지가 활짝 열려서 행복감이 콸콸 쏟아지기를 기대하는 건 아니지만, 사는 동안 내가 누릴 수 있는 최대한의 행복을 누리면서 잘 살아보고 싶은 욕심은 있다. 그래서 요즘은 "죽고 싶다"라는 말이 버릇처럼 튀어나오려고 할 때마다 스스로 이렇게 바꿔 말한다.

"살고 싶다. 더 잘 살아보고 싶다."

사실 나는 누구보다 삶에 대한 열망이 강한 사람이었나 보다.

다시 회사로
돌아가더라도

"모범피는 에세이보다 소설이 훨씬 좋아. 깜짝 놀랐어!"

또 하나의 새로운 문이 살짝 열린 느낌이었다. 얼마 전 소설 수업 합평 때, 작가님이 내 짧은 소설을 읽고 해주신 말씀이었다. 에세이는 혼자서 습작을 많이 했지만, 소설은 처음 도전한 것이기 때문에 정말 의외의 평을 들은 셈이었다(내가 진짜 소설을 잘 썼다기보다는 입문자 수업이라 작가님이 칭찬에 후하셨다).

조금 더 자유로워지고 싶어서 도전한 소설이었다.

세상에 하고 싶은 이야기는 많은데, 내가 나인 상태로 글을 쓰자니 아무래도 원치 않는 자기 검열을 할 수밖에 없었다. 글을 쓸 때 늘 솔직해지려 노력하지만, 타인의 시선을 의식하면 어쩔 수 없이 걸러내야 하는 소재들이 있었고, 나도 모르게 나를 조금씩 포장하기도 했다. 스스로 그런 내 모습이 마음에 안 들었나 보다. 그래서 아예 다른 인물 뒤에 숨어서 하고 싶은 이야기를 마음껏 해보기 위해 소설에 도전했다. 그런데 글쎄, 그 엄청난 세계의 매력을 또 알아버렸다.

A4 3장 분량의 짧은 소설을 하나 완성하고 나니 단편 분량의 소설을 완성해보고 싶다는 새로운 꿈이 생겼다. 내면의 목소리에 귀 기울이지 않았다면 평생 모르고 지나쳤을 내 안의 작은 가능성이었다. 그리고 며칠 전, 다음 달에 새로 시작하는 소설 수업을 하나 더 등록했다. 오랜만에 순수한 두근거림을 느꼈다. 내일이 기대되는 삶이라니. 내게도 이런 날이 찾아왔다는 것이 믿기지 않았다.

"사람은 자기 자신을 면밀하게 관찰해야 행복해
요."

소설 수업 시간에 작가님이 해주신 이야기가 오랫
동안 기억에 남는다. 세상에 문학소년, 문학소녀는 참
많다. 그들 중 대부분은 삶의 파도에 휩쓸려 문학에 대
한 꿈을 잠시 잃어버렸다가 어느 순간 삶이 안정적인
궤도에 오르면 다시 쓰고 싶다고 생각한다. 그런데 그
시기가 너무 늦어지면 아무리 잘 쓰고 싶어도 자기 안
의 것을 100퍼센트 *끄집어내기*가 어려워진다고 한다.
그래서 작가님은 자기를 항상 면밀하게 관찰하고, 자

기가 정말 하고 싶은 것이 무엇인지 늘 귀 기울여야 한다고 강조하셨다. 이것은 비단 문학에만 국한된 이야기는 아니다.

돌아보니 강의실 안에는 고된 밥벌이를 마친 후 피곤한 몸을 이끌고 수업을 들으러 온 멋진 사람들이 가득했다. 그중 한 분은 마지막 수업 시간에 좋아하는 일을 마음껏 하기 위해서 열심히 돈을 번다고 말씀하셨다. 세상에는 정말 다양한 삶의 방식이 있다는 것을, 그리고 글쓰기 수업에서는 단순히 글 쓰는 것만 배우는 게 아님을 다시 한번 깨닫게 되었다.

"회사는 웬만하면 그만두지 마세요."

놀랍게도 이것이 내가 쉬는 동안 만났던 작가님들의 공통 조언이다. 작가님들은 글만으로는 먹고살기 힘든 세상이라고, 글은 다른 일을 하면서도 충분히 쓸 수 있다고 입을 모아 말씀하셨다. 업계에 몸담고 있는 분들의 경험에서 우러나온 조언이기 때문에 함부로 흘려들지 않고 마음속에 잘 담아두기로 했다. 생각해보면 지금 내가 누리고 있는 것들은 삶의 매 순간 최선의 선택을 하며 이뤄놓은 것들일 테니 좀 더 소중하게 여겨야 할 필요가 있었다.

"저 다음 주부터 회사 다녀요."

무엇보다 충격적이었던 것은 얼마 전 들은 디제잉 선생님의 이야기였다. 그러고 보니 선생님의 화려한 염색 머리가 어느새 단정한 까만 머리로 변해 있었다. 선생님은 해방촌에 작은 라운지 바를 오픈할 계획이라며, 그 꿈을 위해 앞으로 1년간 직장에 다니며 열심히 돈을 모을 거라고 이야기하셨다.

주중에는 회사, 주말에는 클럽에서 디제잉, 그리고 남는 시간에 디제잉 레슨까지, 정말 입이 떡 벌어지는 스케줄이었다. 조심스레 힘들지 않냐고 여쭤보니, 선생님은 전혀 힘들지 않고 오히려 재밌다고 하셨다. 그렇게 이야기하는 얼굴이 무척 밝아 보였다. 디제잉

레슨이 끝나고 집으로 돌아오는 길에 생각했다. '도대체 그런 엄청난 삶의 에너지는 어디서 나오는 걸까?'

곧 알게 됐다. 그런 엄청난 삶의 에너지는 나를 이해하는 데서 나온다는 것을 말이다. 내가 어떤 일을 할 때 행복한지, 앞으로 어떻게 살고 싶은지를 정확히 알면 다른 문제들은 아주 사소해진다. 자기가 원하는 삶의 방향이 명확한 사람은 시간을 원치 않는 곳에 할애하더라도 마땅히 감수하고 즐겁게 이겨낼 힘을 얻는다.

따지고 보면 그동안 내 방황의 원인은 회사가 아니었다. 내가 원하는 삶의 모습을 나조차도 몰라서 길을 잃고 주저앉아 있었을 뿐이다. 나를 이해해야 한다는 엄청난 인생의 과제에 비하면 '회사를 다닐 것이냐 퇴사할 것이냐'는 아주 사소한 문제에 불과했다.

부끄럽지만 나는 서른이 넘어 난생처음으로 나와 진지한 대화를 했고, 적어도 이것만은 확실히 알게 됐다. 꼭 글이 아니더라도 나는 어떤 방식으로든 나를 표현하는 삶을 살아갈 거라는 것이다. 그리고 내가 충만하게 행복을 느끼는 순간은, 스스로 더 나은 미래를 향해 나아가고 있다는 것을 선명하게 실감하는 순간이라는 것을 말이다.

이제는 예전처럼 마음에 들지 않는 하루하루가 되풀이되도록 절대 그냥 내버려두지 않을 것이다. 나는 여전히 아무것도 되지 못했고, 내 미래는 무엇 하나 확실하지 않지만, 내가 만약 다시 회사로 돌아간다고 해도 나는 어떻게든 내가 원하는 방향으로 인생을 이끌어갈 것이라는 확신이 있다. 이 시기를 보내면서 그런 작고 단단한 믿음이 생겼다.

여섯 번째

다시
돌아온 회사

생각보다 나쁘지 않다,
아니 꽤 괜찮다

다시 회사로 돌아가서 책상 앞에 앉아 있는 내 모습을 상상할 수 없었는데, 정말 그랬는데… 어느새 나는 너무나 자연스럽게, 조금의 이질감도 없이 회사에 스며들어 있었다. 마치 늘 거기 있었다는 듯이.

7개월이라는 시간은 생각보다 훨씬 빠르게 흘렀다. 모든 게 희끄무레한 나날 중 그나마 선명하게 형태를 갖췄던 건 내가 바라는 삶의 모습이었다. 나는 계속 표현하면서 살고 싶고, 내가 만들어낸 것으로 세상과 소통하고 싶었다. 글이든 영상이든 음악을 통해서든 말이다. 아니 좀 더 솔직히 말하면, 내 이름으로 된 창

작물을 세상에 알리고 싶다는 게 맞겠다.

　그런데 나를 계속 표현하고 드러내는 일은 어떤 '직업'으로 단번에 성취할 수 있는 게 아니었다. 동시에 어떤 직업을 가져야만 이룰 수 있는 것도 아니었다. 그렇다면 모든 위험 부담을 끌어안고 당장 퇴사해야 할 이유는 없지 않을까? 나를 설레게 하는 일 못지않게 경제적 안정도 아주 중요하다.

　길어지는 백수 생활로 내가 가장 걱정했던 건 내 삶의 기반이 흔들려서 기껏 찾은 설렘을 다시 잃게 되는 것이었다. 불안은 설렘을 쉽게 좀먹기 마련이다. 나는 여전히 심사숙고하며, '일단 돌아가서 생각해보자'고 마음먹었다.

그런데 복직하겠다고 마음먹고 나니 그것도 쉽지 않았다. 퇴사만큼이나 용기가 필요한 일이었다. 혹시 내가 너무 단번에 예전의 삶으로 돌아가는 건 아닌지, 7개월 동안 나름 어렵게 찾고 품었던 다짐들이 다 없던 일이 되는 건 아닌지, 누군가가 나를 하자 있는 인간으로 보는 건 아닌지, 쓸데없는 걱정들이 밀려왔다.

하지만 내가 보낸 7개월의 시간을 믿어보기로 했다. 그동안 나만의 시간을 보내면서 제법 단단하게 성장했으니까. 돌아가는 만큼 회사에 바쳐야 할 나의 시간과 노력에 대한 각오도 충분히 해두었다.

결정적으로 휴직 기간이 끝나갈 때쯤 응원을 해준 상사의 부드러운 목소리가 복직할 용기를 주었다. 그리고 복직한 후에는 훌륭한 동료들의 배려와 재택근무 환경으로 예상보다 수월하게 회사에 안착할 수 있었다. 사려 깊은 동료들은 복직한 내게 그동안 뭐하고 지냈는지 묻지 않았다. 그저 언제나 계속 있었던 사람처럼 대해주었다.

복직 후 첫 한 달은 너무 피곤했다. 동시에 내가 많이 달라졌을 거라는 생각이 큰 오산이라는 걸 깨달았다. 예전에 회사에 다닐 때 느꼈던 부정적인 감정이 고스란히 올라오는 건 물론이고, 짜증도 불쑥불쑥 밀려왔다. 하지만 뭔가 하려면 처음부터 끝까지 내가 일을 만들어야 했던 백수 때와 달리, 회사에서는 해야 할 일이 정해져 있으니 편한 부분도 있었다. 양가감정이었다.

무엇보다 매달 같은 날 통장에 꽂히는 숫자가 참 안심이 됐다. 회사에 다니면 가장 좋은 점이 무엇일까? '안정감'이라고 생각한다. 사실 '안정'이라는 단어를 그리 좋아하지 않았다. 그건 '흥미'나 '열정'보다 중요한 가치가 아니라고 생각했던 시절도 있었다. 하지만 통장에 매달 정기적으로 꽂히는 숫자들은 장기적인 생활을 계획할 수 있게 해주고, 하고 싶은 것들을 할 수 있는 기반을 마련해준다.

이는 아주 엄청난 것이다. 숨만 쉬어도 나가는 돈이 적지 않다는 걸 직접 경험한 나는 안정적인 수입이

주는 위력을 안다. 당장 월세를 못 내는데 미래를 꿈꿀
수 있을까? 그러니 월급을 받고 있다면, 사실 이미 그
자체로 많은 것을 해내고 있다고 봐도 좋다.

둘째 달부터는 회사 생활에 좀 더 익숙해져 갔다.
한 가지 놀라운 사실을 고백하면, 이게 내가 '해야 할
일'이라고 생각하니 일이 훨씬 쉬워졌다. 분명 예전과
똑같은 일을 하는데, 그때보다 훨씬 수월하게 해내고
있는 나를 발견하게 됐다. 그동안은 나에게 '꼭' 맞는 일
이 어딘가에 있을 거라는 생각에 주어진 일에 마음을
붙이지 못했다.

그런데 이제는 다르다. 많은 사람들의 의견을 조율해야 해서 피곤하다고 여겼던 일은 어느새 사람들과 대화하는 즐거움이 되었고, 꼼꼼하게 스펙 정리를 해야 해서 귀찮았던 일은 정리의 즐거움으로 다가왔다. 어쨌든 내가 한 발짝 한 발짝 지나온 길이 지금의 나를 만들었으니, 지금 내가 하는 일이 100퍼센트 나와 맞지 않는 건 아닐 터였다. 그걸 알게 됐다.

결론적으로 다시 돌아온 회사는 생각보다 나쁘지 않았다. 아니, 오히려 꽤 괜찮았다. 재택근무 덕분에 시간을 효율적으로 쓸 수 있어서 회사에 다니면서도 A4 13장짜리 단편소설 하나를 완성했고(결과물은 너무 부끄러워 평생 그 누구에게도 공개하지 못할 것이다), 디제잉도 계속할 수 있었다.

모든 게 많이 변했다고 생각했는데 회사는 변한 게 하나도 없었다. 변한 건 오직 나뿐이었다. "모든 게 내 마음에 달렸다"라는 진부하고도 뻔한 말이 어떤 뜻인지 제대로 이해하게 됐다. 휴직 기간 때문에 연말 평가나 연봉 계약에서 당연히 불리했지만 크게 신경 쓰이지 않았다. 나는 이미 그것보다 더 소중한 것들을 얻었다.

다시 돌아온 회사

나만의 호흡으로
조금씩 바꾸어가기

30년 넘게 살던 대로 살았는데, 몇 개월 쉬었다고 해서 인생이 드라마틱하게 달라질 확률은 얼마나 될까? 원하던 직업을 짠 하고 가질 확률은? 아마 그럴 가능성은 엄청 희박할 것이고, 애초에 내가 그런 능력자였으면 뒤늦은 사춘기로 방황도 하지 않았을 것이다.

그걸 인정하고 모든 걸 손바닥 뒤집듯이 단번에 바꾸려는 생각을 그만두기로 했다. 과한 목표치를 세웠다가 망한 경험은 이미 수없이 많이 했다. 7개월은 충분히 휴식하는 시간을 갖고 나 자신을 돌아보기에도 빠듯한 시간이었다. 그러니 좋아하는 일로 당장 벌어

먹고 살자는 욕심은 잠시 접어두었다. 조급한 마음이 나를 어떻게 갉아먹는지 이제는 잘 안다.

조금씩 가더라도, 원하는 방향으로

조금씩 바꾸는 것도 결국 바꾸는 거다. 원하는 방향으로 가기만 하면 된다. 나는 회사라는 시스템을 선택했으니, 일단 여기서 내가 최대한 즐길 수 있는 일을 찾아보기로 했다. 첫 회사에 입사한 이후 나는 이리저리 부서와 회사를 옮겨 다니긴 했지만, 쭉 서비스 기획과 UX 디자이너로 일을 해왔다. 능숙한 지금의 일이 나쁘진 않지만 안정적인 환경에 계속 머물다간 영원히 안주해버릴까 봐 무서웠다. 지금이야말로 커리어에 변화가 필요한 시점이라는 생각이 들었다. 그래서 하나씩 메모를 해보았다.

> ✓ 지금보다 좀 더 재량을 발휘하고 싶다.
> ✓ 창의성이 요구되는 일을 하고 싶다.
> ✓ 일의 형태가 어떤 수식처럼 정답이 있는 것보다
> 직관을 요구하는 형태가 좋다.
>
> ↓
>
> 서비스 기획 말고 콘텐츠 기획은 어떨까?

　　백수 생활을 하면서 내가 무엇을 원하는지 스스로에게 묻는 연습을 여러 차례 해봤기에, 무슨 일을 하고 싶은지를 스스로에게 묻는 건 어렵지 않았다. 그리고 나온 결론도 마음에 들었다.

　　결론을 낸 후 나는 빠르게 움직였다. 우선 예전에 재미있게 일했던 뮤직 회사에 콘텐츠 기획 직무로 다시 지원을 했다. 콘텐츠 기획 경험이 없어서 두려웠지만, 멈춤의 시간을 보내며 나는 나의 성향을 이제는 어느 정도 알게 됐다. 사람들이 뮤직 앱에서 좋은 음악을 발견하고 매끄럽게 음악을 들을 수 있도록 기능적인 측면에서 도움을 주는 것도 좋지만, 좋은 플레이리스트와 음악 관련 콘텐츠를 적재적소에 배치하는 일이라면 더 잘할 수 있을 거라는 확신이 들었다.

뮤직 회사에 지원한 후 두 번의 면접을 보았는데, 백수 생활을 하면서 글을 쓴 것과 디제잉을 한 것이 콘텐츠 기획에 대한 나의 의지를 증명하는 데 도움이 됐다. 물론 서비스 기획을 할 줄 안다는 것도 플러스 요인이었다. 그렇게 복직한 지 6개월 만에 새로운 곳에서 일을 하게 됐다.

원하는 일을 하게 되어 설레긴 했지만, 이제는 회사에서 진정한 자아를 찾겠다거나, 일이 100퍼센트 마음에 들 것이라고 기대하지 않는다. 다만 어떻게 하면 나의 꿈과 회사 일의 간극을 좁히면서 즐겁게 일할 수 있을지를 고민한다. 여전히 나는 답을 찾아가는 중이고, 문제가 있으면 조금씩 천천히 또 고쳐 나갈 것이다.

"회사원으로서 꿈이 뭐예요?"

2차 면접에서 이런 질문을 받았다. 인간 모범피의 꿈이 아니라 회사원으로서 꿈을 물었다. '이 분야에서 전문가가 되어 어쩌고저쩌고….' 몇 가지 이상적인 대답이 떠오르긴 했지만, 애초에 '직장인'으로만 내 정체성을 특정해두지 않았기에 대답하기 어려웠다. 나는 약간의 망설임 끝에 이렇게 답했다.

"특별한 꿈은 없습니다. 주어진 위치에서 하루하루 재미있게 일하는 것이 제 꿈입니다."

정말 그럴 것이다. 회사를 단순한 경제적 기반으로만 여기면서 하루 8시간을 무의미하게 보내지 않을 것이고, 그렇다고 회사 자체를 내 꿈이라고 여기면서 살지도 않을 것이다. 면접관은 내 대답을 상당히 마음에 안 들어 하는 눈치였지만, 이것이 지금 내가 회사를 대하는 가장 솔직하고 건강한 태도다.

회사 밖 삶의
근육 키우기

회사를 다니면서 소설 수업을 듣고, 단편소설 하나를 극기 훈련을 하듯이 써냈다. 자신을 절대 속물이라고 생각하지 않는 주인공이 몇 번의 소개팅을 통해 인생의 모순을 깨달아가는 다소 발랄한 내용이었다.

회사에 적응하기도 정신없는데, A4 10장이 넘는 소설을 완성하려니 여간 힘든 게 아니었다. 회사원으로서의 자아와 퇴근 후의 자아를 스위치 켜고 끄듯 자유롭게 왔다 갔다 하는 것이 과연 가능한 일인가 싶었다.

나는 부담감에 미루고 미루다가 거의 사흘 만에 벼락치기 하듯 소설을 완성했다. 정말 단 한 번의 퇴고

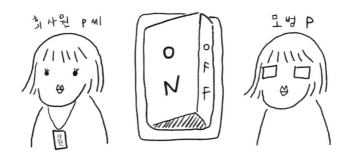

회사원 P씨 / ON OFF / 모범 P

도 하지 못했다. 그 과정이 즐거웠다고 하면 거짓말일 것이다. 그 바람에 합평 당일 나는 "아… 제가 한동안 쉬다가 다시 일을 하면서 글을 쓰려니…" 따위의 변명만 늘어놓고 있었다. 수업을 진행하시는 작가님은 이렇게 말씀하셨다.

"아직 근육이 안 붙어서 그래."

작가님은 많은 사람들이 각자의 일을 하면서 글을 쓰고 있다며, 내가 아직 그런 생활에 적응이 안 돼서 그런 거라고 하셨다. 작가님 또한 광고회사에 다니면서 없는 시간을 쪼개 글을 쓰던 시절이 있었고,《대도시의 사랑법》의 박상영 작가도 매일 아침 출근 전 카페에 앉아 부지런히 키보드를 두드리지 않았던가. 같은 수업을 듣는 문우들이 각자의 생업에 충실하면서도, 나보다 훨씬 훌륭한 작품을 가져오는 것을 보니 과연 그런 것 같기도 했다.

하지만 소설 수업이 끝나고 난 후, 나는 왠지 모를 해방감에 한동안 글을 쳐다보지도 않았다. 회사 업무 때문에 디제잉 레슨도 자주 빠졌고, 급기야 한 달간 레슨을 중단하기도 했다. 좋아하는 것들이 회사를 다닌다는 이유로 이렇게 쉽게 우선순위에서 밀리다니 속상했다. 예전의 암울했던 내 모습으로 돌아가고 있는 것만 같았다.

그렇게 다시 현실의 자아가 비대해져가던 중, 우연히 회사 동기들의 제안으로 '미라클 모닝'이란 것을 시작하게 되었다. 미라클 모닝이란 아침 일찍 일어나 각자 자기계발의 시간을 갖는 것을 말한다. 나는 아침

형 인간이 아닌 데다 자기계발 서적에 나올 법한 단어에 꽤 거부감을 느끼는 편인데도, 이번에는 "근육, 근육!"을 외치며 그 분주하고도 귀여운 모임에 참여하게 되었다.

　나의 아침 일과는 제법 알차다. 아침 6시 50분쯤 일어나 간단하게 씻고 집 근처 요가 스튜디오에 간다. 통창 너머로 높은 빌딩들과 초록색 숲이 어우러진 풍경이 보이는 아름다운 곳에서 뻣뻣한 몸을 늘이고 찢으며 한 시간 동안 열심히 요가 수련을 한다. 요가를 하는 동안에는 최대한 몸의 동작에만 집중하고, 다른 잡다한 생각, 특히 '무엇을 해야 한다'는 생각을 버리려고 노력한다.

　내 머릿속에는 항상 'TO DO LIST'가 둥둥 떠다니는데, 그러다 보니 뭘 시작하기도 전에 질리는 기분을 종종 느낀다. 그래서 머리를 바닥으로 향하게 하는 다운 독down dog 자세와 함께 그런 생각들을 털어내려고 노력한다. 이렇게 매일 아침 의식적으로 생각을 비우고 체력을 기르는 시간을 보내니 확실히 좀 더 멀리 나아갈 힘을 얻는 것 같다(물론 요가 동작의 완성도와는 별개다. 내 몸은 여전히 뻣뻣하고 유연해질 기미가 보이지 않는다).

그렇게 요가로 몸과 정신을 깨우고 개운한 상태로 집에 돌아와 출근 전까지 1시간 조금 넘게 책을 읽거나 글을 쓰거나 디제잉을 한다. 24시간 중 1시간은 짧은 것 같아도 매일 꾸준히 하는 습관을 들이기에는 충분한 시간이다.

의자에 앉아 방구석에 쌓여가는 레코드판이나 책을 바라보거나 PC에 저장된 글 목록을 보고 있으면 아직 무엇을 이루지 못했어도 뿌듯한 마음이 든다. 나는 이 시간을 '좋아하는 일을 계속 좋아할 힘을 기르는 시간'이라고 정의했다. 그렇게 나를 위한 시간을 가진 뒤 출근하면 조급한 마음이 덜 들어서 회사 일에 더 충실하게 된다.

"나는 무엇을 위해 아침 일찍 일어나서 이렇게까지 개고생을 하고 있는가?"

미라클 모닝의 핵심은 이 질문의 답을 만들어가는 것이라고 생각한다. 나는 현실에 휘둘리지 않고 내 의지대로 삶을 이끌어가기 위해 미라클 모닝을 한다. 계속 쓰는 사람이 되고 싶고, 계속 음악을 좋아하는 사람이 되고 싶다. 그래서 올해 안에는 모범피 이름으로 책 한 권을 내고, 코로나 상황이 허락한다면 클럽에서 플레이도 하고 싶다.

몸을 제대로 만들려면 헬스장만 다녀서는 쉽지 않다. 물론 운동만으로도 가능하지만, 보통은 단백질 보충제 같은 부스터의 도움을 받는다. 마찬가지로 회사 밖 삶의 근육을 키울 때도 부스터가 필요하다.

내게 근육 부스터는 관심 분야의 사람들을 만나는 것이다. 글을 쓰고 싶으면 작가님들을 만나고, 디제잉을 하고 싶으면 디제이들을 만난다. 그게 마음을 다잡는 가장 좋은 자극이 된다. 성격이 내향적이라 새로운 사람을 만나는 걸 힘들어하던 내가 이렇게 변하다니 스스로도 믿기 힘들다. 어쨌든 과거의 나와 작별하고 새로운 세계로 나아가려면 안 하던 짓들을 해봐야 한다.

요즘 나는 글쓰기 수업에서 만나게 된 사람들과 지속적으로 온라인으로 합평을 하고, 음악 산업 종사자들이나 작가님들과 얕은 깊이로나마 교류를 이어 나가고 있다. 요새는 소셜 살롱 문화가 잘 되어 있어 새로운 분야의 사람들을 만나는 게 어렵지 않다. 그곳에서 만난 다양한 사람들을 통해 실질적인 조언을 구하고, 좋은 에너지와 자극도 받는다.

자신의 의지만으로 어떤 일을 계속하기 힘들 때는 좋아하는 환경에 나를 무턱대고 밀어 넣어보는 것도 방법이다. 그렇게 열심히 키운 회사 밖 삶의 근육들은 내가 묵묵히 원하는 곳을 향해 나아가도록 돕는 든든한 에너지원이 되어줄 것이다.

"매일 오늘만 같아라."

요즘 내가 자주 비는 소원이다. 나는 지금의 내가

정말 마음에 든다. 회사 일도 의욕적으로 재미있게 하고, 혼자서 작지만 꾸준한 성과를 만들어 나가고, 어느새 마음의 여유까지 생겨 주변을 돌볼 수 있게 됐다. 7개월의 휴식치고는 정말 과분한 것을 얻은 것 같다.

그리고 무엇보다 시시각각 자연의 색으로 물드는 하늘을 바라볼 줄 알고, 얼굴에 닿는 살랑대는 바람에 행복해하며, 우연히 들려오는 좋은 음악에 감동할 줄 아는 사람으로 다시 돌아와 얼마나 다행인지 모른다.

혹시 사춘기를 제때 겪지 못해 괴로워하는 나와 비슷한 모범생들이 있다면 이렇게 말해주고 싶다. 우리는 충분히 내일이 기대되는 삶을 살아갈 자격이 있다. 자신을 들여다볼 용기만 있으면 언제든 그렇게 될 수 있다. 여기 당신과 함께 고군분투하는 사람이 한 명 더 있으니 용기 내어 우리 더 멋진 곳으로 가보자.

많이 웃어주셔서
감사해요

"많이 웃어주셔서 감사해요."

요새 유튜브 채널을 통해 급격히 유명세를 탄 개그맨 L씨가 생방송 촬영 후 내게 건넨 말이다. 퇴근 후 서울의 한 스튜디오를 방문한 날이었다. 나는 방송팀은 아니었지만 개그맨 L씨가 출연한다는 소식을 듣고 같은 회사 옆 팀 동료에게 미리 부탁해서 촬영장을 찾았다.

촬영이 일상인 스태프들은 늦은 시간이라 피곤한 기색이 역력했지만, 나는 요새 즐겨 보던 유튜브에 나오는 그를 실제로 보는 게 마냥 설레고 신이 났다. 그래서 1시간 넘는 시간 동안 지치지도 않고 바로 앞에서 촬영 구경을 하며 미친 리액션을 했다.

늦은 밤, 드디어 촬영이 끝나고 그는 스튜디오에서 스태프들과 한참 동안 인사를 나누고 기념사진을 찍었다. 나도 그와 함께 사진을 찍고 싶어서 미어캣처럼 목을 빼고 그의 주변을 열심히 서성거렸다. 하지만 좋아하는 마음이 너무 커서였을까. 너무 떨려서 사진의 '사'자도 꺼내지 못하고 엉거주춤 돌아서야 했다.

아쉬운 마음을 안고 조용히 촬영장을 빠져나와 택시를 기다리는데, 그가 건물 밖으로 나오는 모습이 보였다. 그는 멀뚱히 서 있는 나를 향해 다가오며 먼저 인사를 건넸다. 많이 웃어주셔서 감사하다고 말이다. 이럴 수가! 올해 소원 중 하나가 L씨와 딱 한마디만 해보는 것이었는데, 이렇게 이루다니! 나는 덜덜 떨리는 목소리로 "정말 팬이에요. 유튜브 매일 잘 보고 있어요"라고 서둘러 내 마음을 고백했고, 그 후로도 주접이 난무하는 대화가 조금 이어졌다.

집으로 돌아오는 길, 나는 얼빠진 표정으로 고장 난 인형처럼 이 말만 반복했다.

"와씨, 회사 다니길 잘했어!"

요새는 회사 다니는 게 대체로 즐겁다(매일이라고 하기는 어렵다). 새로운 커리어를 찾아 옮기길 정말 잘했다는 생각을 또 하게 된다. 단순히 유명인을 볼 수 있는 기회가 많아서는 아니다. 이런 종류의 기쁨은 일부에 불과하고, 다른 이유가 많이 생겼다. 특히 다양한 분야의 업무를 맡으면서 회사에 다니지 않았다면 하지 못했을 일들에 대해 자주 생각한다.

만약 회사를 다니지 않았다면 내가 만든 콘텐츠가 훌륭한 디자이너와 개발자를 만나 세상에 모습을 드러낼 확률은 얼마나 될 것이며, 또 그 콘텐츠를 과연 사람들이 봐줄까, 이런 생각들을 해본다.

몇 년 전, 동생이 이런 말을 한 적이 있다.

"언니는 이미 가지고 있는 걸 이용할 줄을 몰라."

이제야 그 말의 의미를 조금 알 것 같다. 회사라는 곳은 해야 하는 일을 열심히 하는 곳이기도 하지만, 회사를 등에 업고 내가 하고 싶은 일을 마음껏 해볼 기회의 공간이기도 하다. 실제로 얼마 전에는 평소 관심 있게 지켜보던 분들에게 직접 연락해서 함께 일할 기회를 만들기도 했다. 이런 과정에서 많은 영감과 자극을 받았고, 나도 더 단단하고 멋진 사람이 되어야겠다고 결심했다. 게다가 얼마 안 있으면 내가 가장 사랑하는 취미인 디제잉을 일과 연계할 수 있을 것 같아서 아주 많이 설렌다.

얼마 전 브런치의 한 독자분께 질문을 받았다. 이직의 결정이 만족스럽냐는 질문이었다. 그 독자분도 커리어에 대한 고민이 많았다. 남 일 같지 않아 늦은 밤까지 고심해서 답장을 했다. 처음 해보는 일이라 아직 서툴고 좌충우돌이지만 마음은 편안하고, 무엇보다 일을 의욕적으로 잘해보고 싶은 마음이 든다는 내용이었다.

요즘 나는 사회생활 몇 년 만에 비로소 뿌리를 내리고 안정을 찾은 것 같다. 이 모든 게 나를 돌아보는 시간을 가진 후 내린 결정이었기에 가능했다. 그게 아니라면 나는 아직 잎새에 이는 작은 바람에도 괴로워하며 여기 아닌 어딘가를 꿈꾸고 있었을 것이다.

앞의 글들을 쓴 시점에서 또 몇 개월이 지난 지금, 솔직히 고백하면 미라클 모닝을 매일 하지는 못한다. 가끔은 이미 봤던 드라마를 밤새 몰아보느라 일찍 못 일어날 때도 있고, 피곤하다는 핑계로 운동을 단 10분도 하지 않는 날이 있으며, 퇴근 후 무기력하게 침대에 퍼져 있기도 한다. 최근에는 회사의 연속적인 야근과 개인적으로 하고 싶은 일을 병행하다가 과로로 응급실 신세를 지기도 했다.

그럼에도 불구하고 계속 쓰는 삶을 이어 나간다. 얼마 전 채널예스에서 에세이 연재를 의뢰받아 열심히 글을 쓰고 있고(내가 고료를 받고 글을 쓰다니 아직도

예전과 크게 달라지지 않았지만,
결코 그때의 나는 아니다.

믿기지 않는다), 또 정말 감사하게도 곧 ISBN고유 도서
번호을 가진 작가가 될 예정이다(그래서 여러분이 지금
이 글을 읽고 있다).

　백수 생활을 시작하고 나서 내 책을 가지고 싶다
는 꿈을 벌써 이룬 것이다. 물론 운이 아주 좋았지만,
내 인생에서 처음으로 가졌던 멈춤의 시간이 가장 큰
역할을 했다고 생각한다. 직장인으로서의 자아와 작가
로서의 자아가 균형 있게 내 삶을 받쳐주는 요즘, 인생
은 한 번쯤 살아볼 만하다고 느낀다.

　어쩌면 촬영장에서 내가 아무런 걱정 없이 박장대

소할 수 있었던 이유는 내 마음 한구석에 크게 자리 잡고 있던 공허함이 비로소 사라졌기 때문이 아닐까. 더 이상 뒤늦은 사춘기 풍랑에 허우적대지 않고, 일상의 기쁨을 충분히 누리며 많이 웃고 있는 내게 고맙다는 인사를 전하고 싶다.

단단한 일상과
도처에 널린 행복

　회사를 옮기고 벌써 1년이 지났다. 영원히 끝나지 않을 것 같던 사회적 거리두기도 어느새 해제가 되었다. 이직을 하고 계속 재택근무를 해왔는데, 아주 오랜만에 사무실에 출근해서 책상에 뽀얗게 앉은 먼지를 닦았다. 적당한 온도와 습도가 유지되는 사무실에서 적당한 텐션감이 있는 의자에 폭 파묻혀 앉으니 기분이 상쾌하다. 여기에 아이스 아메리카노까지 한 잔 곁들이면, 비록 몇 시간 계속되는 감정이 아닐지라도 이런 게 행복이구나 싶다.

　지난 1년을 돌아보면 참 많은 일이 있었다. 여름

휴가, 페스티벌, 가을 캠핑, 크리스마스, 연말 등 무슨 시즌만 되면 마치 그 시즌을 최고로 즐기는 사람처럼 그 시간에 어울리는 음악을 틀고 카피를 쓰고 플레이리스트를 만들어냈다. 현실의 나는 함박눈이 쏟아지는 낭만적인 날에도 집구석에 홀로 처박혀 있었지만, 회사에서의 나는 모든 시즌 이벤트를 앞장서서 즐기는 최고로 행복한 사람이 될 수 있었다. 그 괴리감이 나쁘지 않았다.

출근하는 동료들이 속속 사무실에 들어선다. 거의 1년 만에 마주하는 동료들과 조금은 어색하게 얼굴이 좋아졌다는 둥, 헤어스타일이 변했다는 둥 가벼운 인사를 주고받는다. 저녁에 소고기를 많이 먹어야 하니 점심은 가볍게 먹자는 지키지 못할 다짐도 한다. 그도 그럴 것이 오늘은 오랜만에 다 같이 팀 회식을 하는 날이다.

회사 사람들과 삼삼오오 모여 회사와 관련된 이야기를 하는 것을 의식적으로 피하던 시절이 있었다. 바뛰지 않을 회사 시스템에 대한 불평불만을 쏟아내고, 회사 돌아가는 소식을 필요 이상으로 주고받는 것이 과연 내게 도움이 될까 의문스러웠던 날들. 잔정이 많은 나는 회사 사람들과 동료 이상으로 가까워지는 것도 꺼리곤 했다. 그래서 자발적 아싸를 자처하며 일부러 점심시간에 운동을 하고 혼자 밥을 먹었다. 홀로 창가에서 샌드위치를 먹으면서, 그게 나를 지키는 거라고 믿었다. 그렇게 나는 모두와 불화했으며 많은 인연을 잃었다.

하지만 지금 나는 고깃집에서 1년 만에 대면한 동료들과 이런저런 일상을 이야기한다. 일이 너무 많다거나 회사에 불만이 있다는 이야기가 이제는 불편하지 않다. 대화 내용은 세상 회의적이고 염세적인데, 하루 일과를 마치고 가벼운 대화를 나누는 이 분위기가 즐겁다. 고통 속에서 행복을 느끼다니 회사 생활을 오래 하더니 드디어 변태가 됐나 싶은데, 이런 게 바로 회사 다니는 맛이 아닐까 싶다.

배울 점이 많은 동료들과의 차 한 잔, 밥 한 끼 또

는 무의미한 푸념들조차 삶의 중요한 활력이 될 수 있다는 걸 예전에는 몰랐다.

"저희 특안심 하나 더 시켜도 되나요?"

불판 위 소고기가 쉼없이 구워진다. 그동안의 고생을 보상받기라도 하듯 우리는 전투적으로 먹으며, "또 언제 모일지 몰라. 많이 먹어둬" 한다. 얼마 전에 새로 합류한 인턴은 그런 우리를 신기한 듯 쳐다보고, 먹음직스럽게 잘 구워진 고기의 육즙은 기가 막힌다. 더불어 그곳에 모인 이들의 사는 이야기가 안주로 푸짐하게 얹어진다.

잠들기 전에 특별한 걱정거리가 떠오르지 않으면 행복한 상태라고 했다. 행복은 꼭 거창한 성취에서만 오는 게 아니다. 어쩌면 그동안 마음의 여유가 없어 도처에 널려 있는 행복을 미처 보지 못하고 지나쳤을지도 모른다. 행복은 우리의 일상에 얼마든지 자리하고 있을 수 있다.

아침에 출근해서 작성한 업무 리스트를 거의 다 해치웠을 때, 당 떨어질 시간 즈음 동료들과 단것을 먹으며 수다를 떨 때, 퇴근 시간 미처 지우지 못한 업무 리스트를 내일의 나에게 미룰 때, 하루 일과가 끝난 후 소중한 사람과 저녁을 먹고 동네를 천천히 산책할 때, 정신없이 살다가도 오롯이 나에게 집중하는 시간을 가질 때, 늦은 밤 일기를 쓰며 내가 원하는 삶의 모양이 어떤 것이었는지 되새겨볼 때…. 행복은 도처에 이미 널려 있다.

앞으로는 그동안 무신경하게 지나친 행복을 놓치지 않고 빠짐없이 누리리라 다짐해본다. 조금만 먹어도 배가 불러오는 것이 소고기 때문인지 일상의 충만함 때문인지, 잘 모르겠다.

나오기
백수 아니고요, 자기 관찰 중입니다

"나이 칠십이 되어 돈이 부족해 생활하기 불편해지면, 그때는 지금 쉰 시간을 절실히 후회하게 될 거예요."

브런치에 백수 생활에 대한 첫 글을 발행했을 때, 한 어르신이 남겨주신 댓글이다. "후회하게 될 것이다", "가난이 얼마나 비참한 것인지 깨닫는 날이 올 것이다" 등 저주인지 악담 비슷한 조언을 남겨주셨다. 물론 오래 사신 분들의 말씀을 허투루 들어서는 안 되지만, 나는 이때야 비로소 백수에 대한 사회적 인식이 어떤지 분명히 알 수 있었다.

맞다. '먹고사니즘'은 인류가 당면한 최대 과제이며 그 자체로 너무나 위대하다. 나는 가끔 일터로 향하는 사람들의 모습을 보며 일종의 숭고함마저 느낀다. 매일 똑같은 시간에 똑같은 자리로 향하며, 자신과의 약속을 지켜내는 사람의 모습은 얼마나 아름다운가. 그러니 누군가가 볼 때는 한창 젊은 나이에 그 숭고한 행위를 마다하고, 잠시 멈춰서 나를 들여다보는 일이 태만으로 느껴질 수도 있다. 게다가 모든 것이 기약 없고 불안한 코로나 시국에 백수가 된다는 것은 어찌 보면 비현실적이고 배부른 소리다. 생계를 유지하지 못하는 상황에서 행복을 운운하는 것은 애초에 불가능하기 때문이다.

여러 번 강조하지만 내가 진심으로 하고 싶은 말은, 아무리 생업에 치이더라도 꼭 한 번쯤은 나를 들여다보는 시간을 가졌으면 좋겠다는 것이다. 반드시 회사를 그만두라는 소리가 아니다. 적어도 나라는 사람이 어떤 모양으로 생겼는지 알고 달려야 제대로 건강하게 달릴 수 있지 않겠는가. 맞지 않는 러닝화를 신고 달리다가는 얼마 가지 못해 주저앉을 수 있다.

동생과 나는 남들이 말하는 소위 백수의 시간을 겪었다. 3년 전 동생이 가족들의 온갖 구박을 받으며 백수 시기를 보낼 때 나는 동생의 손에 용돈을 쥐여주면서 동생의 미래를 응원했고, 동생은 하루아침에 백수가 된 언니를 위해 생활비를 더 많이 내고, 가끔 비싼 밥도 사주면서 나를 지지해주었다. 우리가 이렇게 서로의 시간을 응원하는 이유는 이 시기가 얼마나 소중한지 잘 알기 때문이다. 멈춤의 시간을 가져본 사람들로서 한 가지 확실히 말할 수 있는 건, 우리는 이 시간을 절대 후회하지 않는다는 것이다. 그리고 앞으로도 그럴 것이다.

사람들은 돈벌이하지 않는 모든 이들을 통틀어 백수라고 부른다. 하지만 표준국어대사전에 따르면 '백수'의 사전적 정의는 '돈 한 푼 없이 빈둥거리며 놀고먹는 건달'이다. 백수가 되는 데 이렇게 많은 자격요건이 필요한 줄은 미처 몰랐다. 돈도 한 푼 없어야 하고, 빈둥거려야 하며, 놀고먹고, 심지어 건달이어야 한다니! '건달'의 사전적 정의는 더욱 놀랍고 심각하므로(아무것도 가진 것 없이 난봉을 부리고 돌아다니는…), 더 슬퍼지지 않으려면 여기서 언급을 멈춰야겠다. 어쨌든 이 사회가 돈벌이하지 않는 사람들을 얼마나 부정적으로 보는지 '백수'라는 단어에서도 여실히 드러난다.

우리는 절대 놀고먹으면서 빈둥거리기만 한 것이 아니다. 게다가 난봉을 부리고 돌아다니는 건달은 더더욱 아니다. 각자 백수 시기는 달랐지만, 그 시기 동안 우리는 어느 때보다 치열하게 몸과 마음을 다독였고, 나를 알기 위해 노력했다. 특히 나는 지난 10년 동안 성숙한 것보다 최근 1년간 내적으로 훨씬 많이 성숙했다.

그러니 부정적인 의미의 백수와는 별개로, 잠시 멈추어서 자신을 들여다보는 이 시기를 새롭게 이름 붙여야 하지 않을까 싶다. '자기 관찰의 시기' 정도면 어떨까? 기발하고 깜찍한 명칭이 떠오르길 기대했지만, 이보다 더 적절한 명칭이 떠오르지 않는다. 모든 변화의 시작은 자기 마음을 들여다보는 데서 시작하니까 말이다. 다소 심리학적인 용어 같지만, 어찌 됐든 빈둥거리며 놀고먹는 백수건달보다는 나은 것 같다.

물론 돈을 벌어 생계를 유지하고, 불확실한 미래를 대비하는 것은 아주 중요하다. 하지만 이에 못지않게 자신의 내면을 관찰하고 삶의 방향성을 점검하는 일도 중요하다. 그러니 누군가가 당신을 향해 백수라고 비아냥거린다면 당당하게 "쉿, 자기 관찰 중!"이라고 말하자. 그리고 더욱더 굳건하게 뚜벅뚜벅 나만의 길을 걸어 나가자. 적어도 여기 두 자매는 당신이 틀리지 않다는 걸 알고 있다.

백수 아니고요, 자기 관찰 중입니다

또 다른 이야기

오키나와 선셋 비치에서
문제아는 울었다

시작은 고작 아메리카노 한 잔이었다. 3,000원 정도 하는 아메리카노. 그날은 오키나와 여행 마지막 날이었다. 물놀이를 기대하며 얇은 차림으로 여행을 온 우리에게 3박 4일 동안 시종일관 쌀쌀한 날씨로 보답했던 4월의 오키나와는 드디어 우리에게 더위를 보여주려는 듯했다. 주차장에서 선셋 비치를 향해 걸어가는데 정수리에 뜨겁게 내리꽂히는 햇볕 탓에 목이 말라왔다. 한국 사람이라면 으레 떠올릴 법한 시원한 어떤 것이 간절해졌다.

"우리 아이스 아메리카노 한 잔 마시자."

앞서 걷는 엄마의 등에 대고 외쳤다. 그 순간 엄마가 나를 홱 돌아보며 매서운 눈초리로 말했다.

"아메리카노는 무슨 아메리카노야. 돈도 한 푼 안 보태면서 돈 쓸 궁리만 하고 있어!"

그러고서 엄마는 저만치 앞서 걸어갔다. 그 순간 내 안에서 어떤 뜨겁고 울렁이는 것이 확 차오르는 게 느껴졌다. 그것은 목울대를 지나 눈가에서 막 터져 나오려 했다. 참아보려고 안간힘을 쓰며 걸었다. 선셋 비치에 도착해서 나는 사진을 찍으러 가는 척하며 자연스럽게 가족들에게서 멀찍이 떨어졌다. 그들의 형태가 작아져 말소리도 들리지 않을 때쯤 해변 돌계단에서 바다를 마주 보고 털썩 주저앉았다.

그랬다. 나는 가족 여행에 돈 한 푼 보태지 못한 백수였다. 대학을 졸업했지만 다음 스텝을 정하지 못하고 방황하던 때였다. 함께 패션을 전공한 다른 친구들은 이미 제 이름으로 된 브랜드를 내거나 대학원을 가거나 회사에 취직하는 등 저마다의 길을 부지런히 걷고 있었다. 하지만 나는 학교에 다니면서 내가 패션과와 맞지 않는다는 걸 깨달았고, 그런 상태에서 대학을 졸업했다는 이유만으로 나의 소속을 빨리 결정할 수는 없었다. 그래서 졸업과 함께 자취방을 빼고 가족들이 사는 집으로 들어와 있는 상태였다. 대학을 졸업하기도 전에 대기업에 떡하니 합격해버린 언니와는 대비되는 행보였다. 이번 여행은 언니가 가족 여행을 제안해서 성사된 것이었고, 여행 경비는 물론 언니가 댔다.

무엇이 잘못되었나. 나는 스스로에게 1년이라는 시간을 주기로 했을 뿐이다. 방 안에 틀어박혀 아무도 만나지 않고, 매일 그림을 그리며 내가 흥미를 느끼고 잘하는 것이 무엇인지 치열하게 알아가고 싶었다. 취업이라는 것은 글쎄, 너무 이르게 느껴졌다. 그건 내가 어떤 사람인지 충분히 알고 나서 생각해봐야 할 단계가 아니던가. 남들이 모두 트랙 위를 달린다고 해서 준비도 없이 같이 냅다 뛸 수는 없었다. 내겐 달리기보다 워밍업이 필요했다. 그래서 일 단위, 월 단위로 만들어둔 1년간의 계획을 묵묵히 수행했다.

하지만 세상은 소속이 없고 수입이 없는 사람에게 주로 가혹했고 자주 무례했다. 엄마는 내가 작업에 몰입하고 있을 때면 방문을 벌컥 열고 들어와 내 작업에 코멘트를 달곤 했다. "이건 뭐니? 그림을 그리다 말았네." 가끔은 조언을 하기도 했다. "C 회사에 들어가보는 건 어떠니? 아니면 웹툰을 그려보는 건?" 엄마에게 나의 1년 계획을 충분히 설명했다고 생각했지만, 그 설명은 아무리 해도 모자랐고, 부모님의 기준에 소속이 없는 자식은 그냥 놀고먹는 백수일 뿐이었다.

아니, 애초에 '잠시 멈춰 있는 시간'을 정의하는 단어가 없어서 문제인 건지도 모른다. '학생', '취준생', '직장인', '프리랜서' 등 여기에 속하지 않는 사람들은 모두 놀고먹는 백수가 되는 세상이니까. 엄마는 누군가가 내가 하는 일에 대해서 물으면 먼저 나서서 아직 학생이라고 대답했고, 나는 그럴 때마다 학생이 되어 있었다. 나는 나의 신분에 당당했지만 집에 얹혀산다는 이유만으로 자주 작아지고 미안함을 느꼈다.

많은 사람들은 미술art을 기술skill로 인식한다. 그래서 무엇인가를 미적으로 표현하고자 하는 사람에게 빨리 그 기술을 이용해서 돈을 벌라고 말한다. 그러다 보니 가족 모임은 더욱 고역이었다. 친척들은 나만 보면 그 기술로 미술 학원을 차리라거나, 미술 학원 선생님이 되라고 권유했다. 내가 뭘 하고 싶은지, 어떤 것을 잘하는 사람인지에 대한 관심보다 어서 무언가가 되라고만 했다. 아마 그들에게 스물여섯 살이 소속 없이 보내는 시간은 굉장한 사치인 모양이었다.

어느 설날 연휴에 오랜만에 모인 친척들이 또 이런 대화를 하는 게 진절머리가 나서 조용히 일어나 집에 가려고 한 적이 있다. 그때 할머니가 나가려는 나를 붙잡고 "동생피는 다른 애들이랑 다르게 집에서 놀고 있으니까 할머니가 우리 동생피만 용돈 줘야지"라고 큰 소리로 말씀하시며 세뱃돈을 쥐여주셨다. 봉투를 열어보니 5만 원짜리 두 장이 들어 있었다. 나는 10만 원에 굴욕감을 맛보아야 했다.

내가 지금 여기 주저앉아 이렇게 우는 건 단순히 아메리카노 때문만이 아니라는 뜻이다. 꾸역꾸역 눌러왔던 그간의 서러움이 폭발한 것이다. 눈앞에 펼쳐진

오키나와 선셋 비치는 짜증이 날 만큼 아름다웠다. 당장이라도 캔버스에 옮겨보고 싶은 풍경이었다. 그런데 나는 이 그림 같은 광경을 앞에 두고 당장 3,000원짜리 아메리카노 하나를 마음대로 사 먹을 수가 없다. 결국 이것이 현재 세상이 바라보는 나다.

떠오르는 생각은 오직 하나뿐이다. '어서 나를 증명해야겠다.' 어서 나를 증명해서 나를 향한 불안을 잠재워버려야겠다. 나는 눈부신 오키나와를 앞에 두고도 내 방의 작은 책상이 미치도록 간절해졌다. 어느새 내 곁으로 온 엄마와 언니는 눈물이 그렁그렁한 나를 보고 놀란 눈으로 무슨 일이냐고 물었다. 내가 대답을 하지 않자 엄마는 "바다가 너무 아름다워서 그래? 예술가네, 예술가야" 했고, 언니는 "남자친구랑 싸웠나 보네" 했다. 세 여자의 완벽한 동상이몽이었다.

오키나와 선셋 비치에서 문제아는 울었다

언제까지
이따위로
살 텐가?

1판 1쇄 인쇄	2022년 7월 25일
1판 1쇄 발행	2022년 8월 22일

—

글	모범피
그림	동생피

—

펴낸이	김봉기
출판총괄	임형준
편집	안진숙, 김민정
교정교열	김민정
디자인	류경미, 호우인
마케팅	김보희, 선민영, 최은지, 정상원, 이정훈

—

펴낸곳	FIKA[피카]
주소	서울시 서초구 서초4동 서초대로 77길 55, 9층
전화	02-3476-6656
팩스	02-6203-0551
홈페이지	https://fikabook.io
이메일	book@fikabook.io
등록	2018년 7월 6일(제2018-000216호)

—

ISBN	979-11-90299-65-7 13810

피카 출판사는 독자 여러분의 아이디어와 원고 투고를 기다리고 있습니다.
책으로 펴내고 싶은 아이디어나 원고가 있으신 분은 이메일 book@fikabook.io로 보내주세요.